Maria Kling

Freddy + Flo

Verliebt, verlobt, verhaftet!

Mit Bildern von Astrid Henn

und Tina Kraus nach Astrid Henn

Freddy + Flo

Bereits in der Reihe erschienen:

Band 1: Freddy und Flo gruseln sich vor gar nix!
Band 2: Freddy und Flo. Das Geheimnis der muffigen Mumie
Band 3: Freddy und Flo. Verliebt, verlobt, verhaftet!

Maria Kling

Freddy + Flo

Verliebt, verlobt, verhaftet!

CARLSEN

ULRIKE + PAPA
finden es nicht gut, wenn Flo austickt.
FREDDY
schnüffelt gern herum.
FLO
tickt aus, wenn Freddy herumschnüffelt, vor allem bei ihr.
FRIDA
macht ihr eigenes Ding.
POPPY
hext gern. Ab und zu klappt es auch.
DR. MORTIS
Der Vampir ist unsterblich verliebt.
TUTTI
Die Mumie ist manchmal schiefgewickelt.
W. WÜTKES WAGENSCHILDER
13
4,99€
5,99
3,99€
STOP
STOP
STOP
OFFEN

FRAU LOHMEYER
ist ein Gespenst, aber nicht von gestern.
KOMMUNE HEINZ
Die Heinzelleute haben Putzticks und Schmutztricks.
RUDI
Der Zombie ist oft ganz kopflos.
BETTINA BLÜTENREICH
Die Elfe liebt Blumen und Igor Mortis, oder heißt er Vigor?
WOLFGANG WÜTKE
Der Werwolf macht Ausflüge lieber alleine.
I WAS HERE

INHALT

PROLOG

Im silbernen Licht des Mondes spazierten Dr. Vigor Mortis und Bettina Blütenreich durch den Botanischen Garten. Der von roten Buschrosen gesäumte Kiesweg knirschte unter ihren Füßen. Vigor hatte sich extra in Schale geworfen. Der Vampir trug ein weißes Rüschenhemd mit blutroter Fliege und dazu seinen langen schwarzen Umhang. Er sah todschick aus!

Bettina, die Blumenelfe, trug ein knöchellanges hellblaues Kleid. Es war mit glitzernden Sternchen besetzt, die sich im nahe gelegenen Teich spiegelten. Vigor breitete eine Decke aus und holte eine Flasche Honigwein und zwei Gläser aus einem Picknickkorb. Er reichte der Blumenelfe eins davon, schenkte ihnen beiden ein und prostete Bettina zu: „Auf den wundervollsten Abend mit der wunderschönsten Frau."

Bettina schlug die Augen nieder und nippte an ihrem Glas. Dann reichte Vigor ihr ein Croissant. Die Blumenelfe brach das Hörnchen auseinander und fand darin einen silbernen Ring. Er war mit einem blauen Edelstein besetzt.

„Was ist das denn?", fragte Bettina Blütenreich.

„Das ist ein Saphir", säuselte Dr. Mortis. „Er hat mich an das Blau deiner Augen erinnert. Wenn ich sie ansehe, könnte ich darin versinken. Wenn ich dein Antlitz erblicke, möchte ich nie wieder woanders hinschauen. Ich möchte nie wieder ohne dich sein, Bettina! Was meinst du?"

„Nie wieder?", fragte die Blumenelfe. „Das wäre sehr schön. Manchmal muss ich allerdings zu meinen Pflanzen oder einkaufen oder zum Friseur oder …"

„Ja, natürlich", sagte Dr. Mortis. „Es geht mir auch nicht darum, dass wir jede einzelne Sekunde zusammen sind. Ich meinte eher, dass ich dir den Hof machen will."

„Du willst den Hof machen?", fragte Bettina erfreut.

„Also fegen? Das ist sehr nett. Dann kannst du auch gleich die Blumen gießen. Das mögen sie."

„Nein, du verstehst mich falsch", ereiferte sich Dr. Mortis. „Ich möchte um deine Hand anhalten."

„Das ist sehr liebenswürdig. Tatsächlich ist mir meine Hand manchmal zu schwer. Wie reizend von dir, dass du sie halten möchtest." Sie reichte ihm ihre Hand und er ergriff sie.

„Meine liebste Bettina, ich möchte dich über die Schwelle tragen", versuchte Dr. Mortis, ihr sein Anliegen begreiflich zu machen.

„Über die Schwelle? Was meinst du denn nur?", fragte Bettina.

„Nun, ich will dich auf Rosen betten!", erklärte Dr. Mortis.

„Was?! Du willst mich auf tote Blumen legen?!"

„Verzeih, das war vielleicht etwas ungeschickt formuliert", sagte Dr. Mortis. „Ich meinte, dass ich heiraten möchte!"

„Wie wunderbar. Wen denn?"

„Na, dich! Liebe Bettina, möchtest du meine Frau werden?"

Plötzlich verdunkelte eine hochgewachsene Gestalt den Mond und warf einen langen Schatten auf die Verliebten.
„Vigor Mortis“, zischte der Störenfried.
Dr. Mortis sah auf. Bettinas Hand in seiner begann zu zittern. „Draculus von Minckwitz“, sagte Dr. Mortis in schneidendem Ton.
„Ganz recht“, sagte der Vampirlord. „Darf ich fragen, was dieses romantische Stelldichein hier zu bedeuten hat?“ Er holte einen Lakritzvampir aus der Manteltasche und warf ihn sich in den Mund.
„Das geht Sie gar nichts an!“, entgegnete Dr. Mortis barsch.
„Ach nein? Sie haben wohl unsere Gesetze vergessen!“, keifte Draculus. Blutroter Saft spritzte aus seinem Mund. „Was Sie hier tun, ist eindeutig verboten! Ihr werdet euch noch alle wundern! Wenn ich erst an der Macht bin, wird wieder Recht und Ordnung herrschen in der magischen Welt!“ Er machte auf dem Absatz kehrt. „Komm, Kratzfuß, du nichtsnutzige Kröte!“, rief er.
Der bucklige Diener trat mit eingezogenem Kopf

hinter seinem Herrn hervor. Draculus stolzierte mit wehendem Mantel davon. Kratzfuß folgte ihm flink wie eine Eidechse.

Erschrocken sah Bettina zu Vigor herüber. Der streichelte sanft ihre Hand. „Mach dir keine Sorgen", versuchte er sie zu beruhigen. „Ich werde mir etwas einfallen lassen."

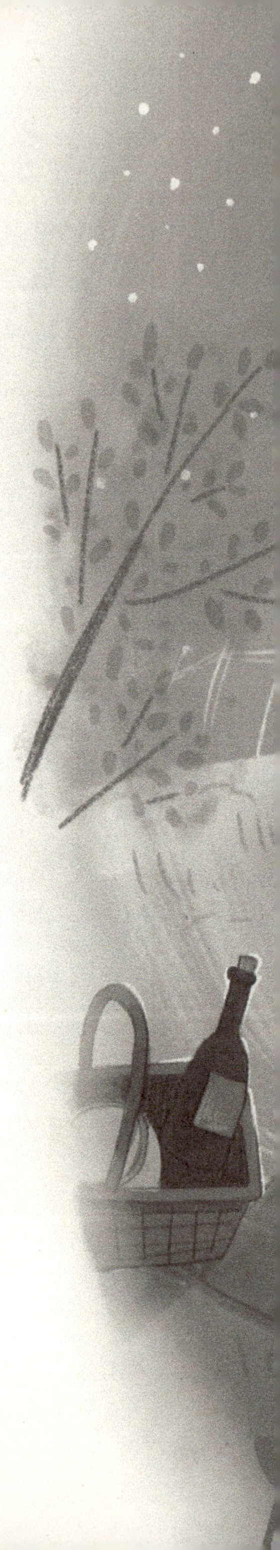

KAPITEL 1

FREDDY MACHT FAXEN

Frederick Feyerabend konnte sein Glück nicht fassen. Es waren Sommerferien. Endlich! Sein Zeugnis war passabel gewesen und nun lagen sechs Wochen Freiheit vor ihm. Sechs Wochen, in denen er tun und lassen konnte, was er wollte. Außer heute Abend natürlich. Denn heute Abend musste er auf seine kleine Schwester Frida aufpassen. Papa und Ulrike waren ausgegangen und würden nicht vor Mitternacht zurück sein.

Freddy schaute auf seine Armbanduhr. Schon halb elf. Wo blieb denn bloß Dr. Mortis? Freddy wollte endlich wissen, ob Bettina Ja gesagt hatte! Er hatte

zusammen mit Dr. Mortis den ganzen Antrag geplant. Es war Freddys Idee gewesen, den Ring in einem Croissant zu verstecken. Ob wohl alles geklappt hatte? War die Blumenelfe dem Vampir um den Hals gefallen? Hatte sie vor Glück geweint? Freddy konnte es kaum erwarten, die ganze Geschichte zu hören.
Er ging in die Knie und hielt Frida einen quietschenden Gummilöwen hin. Seine kleine Schwester hatte sich anscheinend für heute vorgenommen, die ganze Nacht lang wach zu bleiben. Freddy hatte ihr schon an die zweihundert Schlaflieder vorgesungen, aber Frida war trotzdem putzmunter. Sie nahm das Spielzeug mit ihren Patschehändchen entgegen und steckte es fröhlich glucksend in den Mund.
Eigentlich hätte Freddys große Schwester Flo ihm beim Babysitten helfen sollen. Doch die lümmelte stattdessen auf dem Sofa und hatte sich die Kapuze ihres Pullis über den Kopf gezogen. Ein paar lange schwarze Haarsträhnen schauten an den Seiten heraus. Kein Wunder, dass sie immer so blass war, wenn sie selbst im Sommer einen Kapuzenpulli trug.

Flo tippte gelangweilt auf ihrem Handy rum. Seit sie in ein Haus gezogen waren, in dem auch ein Werwolf, ein Vampir, eine Elfe, eine Hexe, eine Gespensterdame, ein Zombie, eine Mumie und ein ganzer Haufen Heinzelleute wohnten, konnte Flo so schnell nichts mehr aus der Fassung bringen. Außer natürlich das kleine schreiende Wesen, das Papa und seine Freundin Ulrike vor neun Monaten mit nach Hause gebracht hatten.

Frida ließ den Gummilöwen fallen, zog sich am Couchtisch hoch und hangelte sich daran entlang auf Freddys ferngesteuerten Lego-Kran zu. Den hatte er zu Weihnachten bekommen und er hatte zwei Tage gebraucht, um die 2883 Teile zusammenzusetzen. Freddy sprang auf, schnappte sich den Kran und

brachte ihn in sein Zimmer. Er stellte ihn ganz oben auf das Regal. Dort würde er vor Frida sicher sein. Freddys Zimmer war nur noch halb so groß wie beim Einzug. Flo hatte es nach ewiger Nerverei geschafft, Papa dazu zu bringen, eine Wand mitten durchs Kinderzimmer zu ziehen. Flo machte immer Anführungszeichen in der Luft, wenn sie von der „Wand" sprach. Tatsächlich bestand sie nämlich nur aus drei hohen Schränken. Beim ersten fehlte die Rückwand und Flo musste durch ihn durchsteigen, wenn sie in ihren Teil des Zimmers wollte.
Freddy lief zurück zu seinen Schwestern. Frida haute gerade fröhlich den Gummilöwen auf den Couchtisch, während Flo immer noch auf ihrem blöden Smartphone

herumtippte. Seit sie Papa das angeblich überlebenswichtige Ding aus den Rippen geleiert hatte, war nichts mehr mit ihr anzufangen.

„Schreibst du wieder deinem Boyfriend?“, neckte Freddy sie. *„Liebster Luca, bitte komponiere mir noch mal so einen tollen Song und trage ihn vor der ganzen Klasse vor.“*

„Halt die Klappe, du Lauch!“, keifte Flo. „Das ist doch schon ewig her. Außerdem ist er nicht mein Freund.“

„Außerdem ist er nicht mein Freund“, äffte Freddy seine Schwester nach. „Aber er ist ganz cool und ich liebe seine Lieder.“

„Ich warne dich“, sagte Flo. „Hör lieber auf, sonst …“

„Oh, Flo, ich mag dich so. Du bist super wie ein Mini Cooper“, sang Freddy.

„Du bist so kindisch!“, schrie sie. „Lass es einfach!“

Freddy wusste nicht, wieso, aber es machte ihm unbändigen Spaß, Flo zu reizen. War es, weil sie dann nicht mehr so cool und überlegen war? Er summte das schöne Lied von Luca leise vor sich hin.

„Hör auf!“, brüllte Flo.

Freddy grinste. Er hatte es mal wieder geschafft.

Doch dann fiel sein Blick auf Frida. Sie verzog ihren süßen kleinen Mund, ihre Augen füllten sich mit Tränen. Diesen Ausdruck kannte Freddy nur zu gut.
„Hallo, Baby“, säuselte er und streckte ihr den Gummilöwen entgegen. „Willst du den wiederhaben?“
Doch Frida griff nicht nach dem Spielzeug. Stattdessen fing sie an zu weinen. „Sieh, was du angestellt hast!“, schimpfte Freddy mit seiner großen Schwester. „Jetzt weint sie.“
„Na und? Die heult doch ständig.“ Flo zuckte mit den Schultern. „Ist eh voll blöd, dass wir hier babysitten sollen. Mir war das von Anfang an klar. Alle wollen ein Baby und wer muss sich am Ende darum kümmern? Ich!“
„Du bist herzlos“, sagte Freddy.
„Und du bist dumm!“, rief Flo über Fridas Weinen hinweg. „Wenn wir das hier zu gut machen, haben wir die kleine Heulsuse zukünftig ständig am Hals.“
„Vielleicht hört sie auf, wenn wir Quatsch machen?“, überlegte Freddy. „Flo, hau mal deinen Kopf gegen die Wand.“

„Ja, genau.“
Freddy zog sich die Ohren zur Seite, schielte und streckte die Zunge raus. Doch Frida weinte weiter. Flo angelte nach einem kleinen Aufziehauto, das auf dem Boden lag, zog es zurück und ließ es losflitzen. Normalerweise krabbelte Frida fröhlich quietschend und glücklich hinter dem Auto her. Heute half es leider nicht. Im Gegenteil. Sie schrie noch lauter als zuvor. Also steckte Flo das Auto in ihre Kapuzenpullitasche, erhob sich vom Sofa und schlurfte in die Küche. Kurz darauf kam sie mit einer Packung Kekse wieder.
„Die dürfen wir ihr nicht geben“, warnte Freddy. „Da ist Zucker drin. Ulrike sagt, Zucker ist pures Gift für Babys! Vielleicht wird sie dann krank oder komisch.“
„Quatsch“, wiegelte Flo ab. „Ich hab dir immer Kekse gegeben, als du noch klein … äh … warte … Das erklärt einiges!“ Sie sah Freddy prüfend in die Augen. „Du bist superkomisch!“
„Manno, Flo“, quengelte Freddy. „Wir müssen Frida beruhigen!“
„Mach ich doch“, sagte Flo und hielt dem Baby den

Keks hin. Frida schlug wütend nach ihm und er landete auf dem Fußboden.

„So wird das nichts", seufzte Freddy. Er streichelte Frida über den Kopf. „Wir müssen Poppy holen. Sie hat bestimmt eine Idee!"

Seit Familie Feyerabend in der Jüterboger Straße 13 wohnte, war das Hexenmädchen die beste Freundin der Geschwister. Wann immer Poppy nachmittags Zeit hatte, kam sie herauf. Mit ihr und ihren Zaubertricks wurde es nie langweilig und sie wusste immer einen Rat.

Zum Glück hatte das Hexenmädchen ihnen eine der kleinen Hausalarmmäuse dagelassen, die sie jederzeit losschicken konnten, wenn sie Poppys Hilfe brauchten.

KAPITEL 2

POPPY VERHEXT FRIDA

Als die kleine weiße Maus mit dem Glöckchen um den Hals in die Küche gerannt kam, wusste Poppy sofort, dass Freddy und Flo in Schwierigkeiten steckten. Sie ließ den Löffel fallen, mit dem sie gerade noch den Ketchup mit Schneckenschleim verrührt hatte, nahm die panierten Froschschenkel vom Herd, schnappte sich ihren Besen und flog durch den Hausflur in die dritte Etage hinauf.

Freddy stand schon mit der schreienden Frida im Arm in der offenen Wohnungstür.

„Was ist denn passiert?", rief Poppy.

„Nichts weiter." Freddy zuckte mit den Schultern.

„Frida hat sich bloß erschreckt und jetzt will sie nicht mehr aufhören zu weinen."

Poppy nahm die Kleine auf den Arm, drehte sie auf den Kopf und wieder zurück. „Wo ist denn der Knopf zum Ausstellen angebracht? Oder vielleicht könnte man sie wenigstens ein bisschen leiser machen."

„Leider hat sie keinen Knopf", sagte Freddy und ging vor ins Wohnzimmer. „Ich hatte gehofft, sie hört auf zu weinen, wenn sie dich sieht. Normalerweise findet sie ja allein deinen Anblick schon superlustig."

„Ich weiß gar nicht, wieso", sagte Poppy und schaute ratlos an sich herunter. Sie trug eine geringelte Strumpfhose, einen mehrlagigen Tüllrock und einen grünen Glitzerpulli. Ein spitzes gelbes Hexenhütchen saß auf ihrem Kopf. Sie sah doch ganz normal aus.

Poppy folgte Freddy mit der immer noch weinenden Frida auf dem Arm und entdeckte Flo, die sich genervt die Ohren zuhielt.
„Hast du nicht irgendeinen Zauber auf Lager, mit dem wir das Nervknäul zum Einschlafen kriegen?", rief Flo.
Poppy setzte Frida zurück auf den Boden. Sie kniff die Augen zusammen und wickelte sich nachdenklich eine ihrer roten Locken um den Zeigefinger. In Gedanken ging sie die verschiedenen Möglichkeiten durch. Ein Schlafzauber kam nicht infrage. Erstens befanden sie sich nicht in einer Gruft und zweitens hatte sie gerade keine Mondblume zur Hand.
Da sie nicht alle Zaubersprüche jederzeit durchführen konnte, musste sie einen finden, der im Sommer bei wolkenlosem Himmel mit Wind von Osten an einem Sonntag um halb elf Uhr abends gezaubert werden konnte. Da kam ihr die rettende Idee. Sie zog ihren Zauberstab aus der Tasche und murmelte:

„Weil Frida nicht mehr schreien soll,
Treiben wir's besonders toll.
Statt hier weiter rumzukrähen,
Soll sie Pirouetten drehen
Wie eine kleine Eiskunstfee
Auf 'nem kalten Wintersee."

Augenblicklich begann Frida übers Wohnzimmerparkett zu gleiten wie ein Blatt, das ein sanfter Wind vor sich herschob. Sie hörte auf zu weinen und starrte Poppy erschrocken an. Dann gluckste sie, wedelte mit ihren dicken Ärmchen und ließ sich schließlich in Freddys Schoß fallen.
In diesem Moment klingelte es an der Tür. Freddy nahm Frida hoch und ging in den Flur. Poppy flitzte hinterher. Sie wollte wissen, wer zu so später Stunde noch zu Besuch kam.
Es war Dr. Mortis. „Sie hat Ja gesagt!", rief er.
„Wer hat Ja gesagt?", fragte das Hexenmädchen.
„Bettina!", rief der Vampir und strahlte. „Sie will mich heiraten!"
„Das ist ja super!", rief Freddy. Er setzte Frida auf den

Boden, um Dr. Mortis die Hand schütteln zu können. „Herzlichen Glückwunsch!“

„Ich freue mich so für euch!“ Poppy fiel Vigor überschwänglich um den Hals. Was für eine Überraschung! Sie hatte keine Ahnung gehabt, dass der Vampir der Blumenelfe einen Antrag machen wollte.

„Ja, ganz toll“, sagte Flo, die mit verschränkten Armen in der Wohnzimmertür stand.

„Wat is denn dit für ’n Jeschrei?“, brummte Wolfgang Wütke. Der Werwolf, dem das Autoschildergeschäft im Erdgeschoss gehörte, stapfte die Treppe nach oben. Wolfgang war die meiste Zeit eher schlecht gelaunt. Aber manchmal, wenn auch wirklich selten, war er richtig mies drauf. Zum Beispiel, wenn jemand im Treppenhaus rumschrie. Oder ein Kunde in seinen Laden kam.

„Dr. Mortis und Bettina sind verlobt!“, rief Poppy ihm zu.

„Dit is doch mal ’ne jute Nachricht“, brummte der Werwolf. „Wenn Bettina zu Vigor zieht, kann ick meene Wohnung mit ihrer üba ’ne Treppe verbinden.

Ick dachte imma, dat mir 'ne Maisonettewohnung jut zu Jesichte stehn würde."

In diesem Moment kam Tutti die Treppe rauf. Der Mumienjunge staunte nicht schlecht, als er die spätabendliche Versammlung im Hausflur sah. „Was sage ich immer?", rief er. „Zwei sind ein Paar und drei sind 'ne Party. Und die hier findet anscheinend ohne mich statt."

„Wir sind doch nur zufällig aufeinandergetroffen", wiegelte Poppy ab. „Aber hey, die Idee ist gar nicht schlecht. Lasst uns auf Vigor und Bettina anstoßen!"

„Ja, wir geben eine Verlobungsparty", sagte Freddy. „Ich hole Rudi!"

„Dann sage ich Bettina Bescheid", entschied Dr. Mortis.

„Und ich hole noch ein paar Snacks. Bin gleich wieder da!", rief Poppy und sauste die Treppe hinunter.

KAPITEL 3

FLO FEIERT EINE PARTY

Flo konnte sich für die Verlobung nicht so sehr begeistern wie die anderen. Sie hatte schon zu oft miterlebt, dass verheiratet sein nicht automatisch bedeutete, dass ein Paar für immer und ewig glücklich miteinander war.

Papa und Mama zum Beispiel waren viel besser drauf, seit Papa mit Ulrike zusammen war und sich Mama mit Klaus ihren Lebenstraum erfüllt hatte: einen Bio-Hof in Brandenburg.

„Äh, ich weiß gar nicht, ob das so 'ne gute Idee ist", versuchte Flo die anderen aufzuhalten. Sie hatte eigentlich nichts gegen eine Party. Aber musste sie

unbedingt in ihrer Wohnung stattfinden? Was würden Papa und Ulrike sagen?
Wolfgang Wütke beachtete sie jedoch gar nicht. Er drängelte sich einfach an ihr vorbei.
Tutti folgte dem Werwolf, wobei er einen Meter Verbandszeug hinter sich herschleifte, das sich von seinem Körper abgerollt hatte. Er trug wieder einen alten Trenchcoat. Er war davon überzeugt, dass er damit nicht nur unauffällig, sondern auch megacool aussah.
Flo wollte die Tür gerade schließen, als Freddy, den Zombie Rudi vor sich herschiebend, die Treppe heraufgeschnauft kam. „Ich habe ihn im Hof zwischen den Mülltonnen gefunden“, ächzte Freddy. „Er hatte sich da festgelaufen wie unser Staubsaugroboter.“
„Guh“, sagte der Zombie und schlurfte durch den Flur. Im Wohnzimmer angekommen, fiel er über den flachen Couchtisch und blieb einfach dort liegen.
„Mensch, Rudi!“, beschwerte sich eine Heinzelfrau. Wo war die denn so plötzlich hergekommen? Flo war inzwischen überzeugt, dass die Heinzelleute über

Geheimgänge in die Wohnung gelangten. Aber sie wollte sich nicht beschweren. Einer der Vorteile, in einem Haus voller magischer Wesen zu wohnen, war es, dass man jeden Morgen in einem aufgeräumten Zimmer aufwachte.

Die Heinzelfrau versuchte gerade, den Couchtisch mit einem kleinen Besen von Chipskrümeln zu befreien. „Kannst du nicht woanders schlafen?“, fragte sie und stieß den Zombie mit dem Stiel in die Seite. Aber es half nichts. Rudi schlief wie ein Stein. Vielleicht war er

wieder die halbe Nacht mit grölenden Fußballfans unterwegs gewesen.

Flo wollte sich gerade hinsetzen, als es schon wieder klingelte. Auf dem Weg zur Tür fiel sie fast über Frida, die neben dem Couchtisch auf dem Boden saß und an Rudis zotteligen Haaren zog.

Vor der Tür stand Poppy. „Ich habe Snacks mitgebracht!“, rief sie, rannte durch den Flur und reichte die Schüssel herum. „Panierte Froschschenkel? Den Dip hab ich selbst gemacht:

Schneckenschleim mit Ketchup." Sie nahm sich auch einen Schenkel und stippte ihn in die rote Soße, die seltsame Fäden zog.

Flo machte ein angewidertes Gesicht. „Du könntest ruhig ein wenig Rücksicht auf die Vegetarier in der Runde nehmen."

„Oda uf alle andern Leute, die dit ekelhaft finden, Frösche und Schneckenschleim zu essen", knurrte Wolfgang Wütke.

„Und auf die Leute, die klein sind und kleine Snacks brauchen!", piepste ein Heinzelmann.

„Meine Güte!", stöhnte Poppy. „Ihr seid heute aber auch alle empfindlich. Bringt doch selbst was mit!"

„Hier kommen Erdnussflips!", verkündete Freddy und trug eine große Schüssel herein. Auf dem Couchtisch war kein Platz, also stellte er sie kurzerhand auf Rudis Rücken. Dann schnappte er sich einen panierten Froschschenkel.

„Nein!", rief Flo gerade noch, doch da hatte ihr Bruder schon mit großem Appetit hineingebissen.

„Weeßt du eigentlich, wat du da isst?", fragte der Werwolf. Er hatte es sich im Sessel gemütlich gemacht.

„Ist doch egal“, sagte Freddy. „Man kann eigentlich alles essen, wenn es paniert ist.“
„Dit is jut zu wissen“, sagte Wolfgang Wütke. „Ick hab da noch ’n paar alte Autoreifen im Schuppen. Die panier ick dir mal bei Jelegenheit.“
Flo wollte sich endlich aufs Sofa plumpsen lassen, da klingelte es schon wieder an der Tür. Als sie dieses Mal öffnete, kam Dr. Mortis freudestrahlend mit seiner geliebten Bettina am Arm hereingeschwebt.
„Da sind wir!“, posaunte er. „Das Paar der Stunde!“
Alle liefen auf Bettina zu, schüttelten ihr die Hand und riefen wild durcheinander. „Was feiern wir denn?“, wunderte sich Bettina. „Hat jemand Geburtstag?“
„Ich gratuliere Ihnen herzlich zur Verlobung“, säuselte Freddy. Wenn er mit Bettina sprach, klang seine Stimme immer eine Oktave höher als normalerweise.
In diesem Moment wurde Rudi wach. Er setzte sich ruckartig auf. Die Erdnussflips flogen durch die Luft und Frida quietschte vor Vergnügen. Die Schüssel landete scheppernd auf dem Boden. Der Zombie schaute sich verwirrt um, dann schnappte er sich eine

Handvoll Froschschenkel und stopfte sie in den Mund. „Guh!“, sagte er und grunzte zufrieden.

„Du willst wissen, was das ist?“, fragte Tutti. „Das sind panierte Froschschenkel.“

Der Zombie spuckte die zerkaute Masse wieder auf den Tisch. Freddy wurde blassgrün im Gesicht. Er hielt sich den Bauch und blähte die Backen auf.

Rudi kratzte sich auf der Zunge herum und schaute sich Hilfe suchend um.

„Entschuldige mal!“, rief Poppy. „Seit wann bist du denn so mäkelig?“

Da zog Dr. Mortis einen neongrünen Smoothiebecher aus der Manteltasche und reichte ihn dem Zombie.

„Hier, trink das“, sagte der Vampir.

Rudi nahm einen großen Schluck.

„Das ist Spinat mit Ingwer und Orange“, erklärte Dr. Mortis. „Sehr gesund!“

Rudi spuckte den Rest zurück in den Becher. „Guh?“

„Nein, bei unserer Hochzeit wird es keine Smoothies geben.“ Dr. Mortis lachte. „Wir werden eine riesige Torte haben und einen Champagnerbrunnen, so hoch wie der Fernsehturm!“

„Guh“, sagte der Zombie und ergriff die Hand des Vampirs.
„Vielen Dank“, sagte Dr. Mortis. „Das bedeutet mir sehr viel. Meine liebe Bettina zu heiraten, ist das Beste, was mir passieren kann.“
„Wir würden sehr gern Konfetti werfen!“, rief ein Heinzelmann und sammelte die Erdnussflips auf.
„Ja!“, rief eine Heinzelfrau. „Und danach gleich wieder aufkehren!“
„Ich mach die Deko und das Kleid“, schlug Flo vor.
„Ich kann Ringboy sein“, bot Freddy an.
„Die beiden können doch eh nicht heiraten!“, quäkte plötzlich eine Stimme über Flo. Sie schaute nach oben und sah die Gespensterdame Frau Lohmeyer unter der Decke schweben.
„Wo kommen Sie denn auf einmal her?“, fragte Flo.
„Ich bin doch schon die ganze Zeit hier“, beschwerte sich das Gespenst. „Aber auf mich achtet ja keiner! Und niemand hat daran gedacht, mich einzuladen. Das ist mal wieder typisch! Wenn ich nicht zufällig vorbeigekommen wäre, hättet ihr einfach ohne mich gefeiert!“

„Das war keine böse Absicht. Tut uns leid", sagte Freddy. „Aber wieso sollten die beiden Ihrer Meinung nach nicht heiraten dürfen?"
„Nun", begann Frau Lohmeyer, „es gibt Gesetze, die eine Heirat zwischen Elfen und Vampiren verbieten."
Freddy drehte sich erschrocken zu Dr. Mortis um. „Stimmt das?"
„Ja, das stimmt", sagte Dr. Mortis düster. „Ich war nur nicht gewillt, mich daran zu halten."

„Was sind das auch für bescheuerte Gesetze!“, regte Flo sich auf. „Am Ende dürfen wohl auch Vampirmänner nur Vampirfrauen heiraten und die Frauen sollen dann zu Hause auf die Kinder aufpassen, während der Mann Blut saugen geht, und die Vampirjungs spielen nur Monster jagen und die Mädchen Blutwurst braten, oder was?! Wir sind doch im 21. Jahrhundert, verdammt noch mal! Liebe ist frei! Jeder kann sich doch verlieben, in wen er oder sie will!“

„Genau“, sagte Freddy. „Flo zum Beispiel ist in Luca verknallt. Da hat auch keiner was dagegen.“

Flo rollte mit den Augen.

„Wenn es nach den alten Gesetzen gehen würde, dürften wir hier nicht mal in einem Haus zusammenwohnen“, warf Poppy ein.

„Was? Wieso das denn nicht?“, fragte Flo aufgebracht.

„Weil alle magischen Wesen unter ihresgleichen bleiben sollen. Vampire bei Vampiren, Zombies bei Zombies, Hexen bei Hexen und so weiter“, erklärte Poppy. „Zum Glück kümmert sich eh keiner mehr so richtig darum.“

„Macht euch nichts vor!", höhnte Frau Lohmeyer. „Die sieben Jahre von Fürst Wanja sind um. Jetzt bewirbt sich sein Sohn Draculus von Minckwitz um das Amt. Wenn Draculus gewählt wird, sorgt er mit den anderen beiden Ratsmitgliedern dafür, dass unsere Gesetze eingehalten werden, und bestraft alle, die sich nicht daran halten. Und ihr könnt euch sicher sein, dass Draculus mit harter Hand regieren wird! Der ist viel verbissener als sein Vater!"

„Draculus?", fragte Bettina. „Wer ist das denn?"

„Das war der unangenehme Kerl, der uns vorhin im Park überrascht hat", sagte Dr. Mortis.

„O nein!" Die Blumenelfe riss erschrocken die Augen auf. „Der war wirklich sehr unfreundlich."

„Aber was machen wir denn jetzt?", rief Freddy aufgeregt. „Wie können wir denn verhindern, dass Draculus gewinnt? Dr. Mortis und Bettina wollen schließlich heiraten!"

„Ich könnte mich als Gegenkandidatin aufstellen lassen", schlug Frau Lohmeyer vor. „Immerhin bin ich sehr charmant und habe viel Zeit! Wenn ich gewinne, kann ich die Gesetze ändern."

„Ich weiß nicht, ob deine Kandidatur sehr aussichtsreich wäre“, entgegnete Poppy.
„Guh“, machte der Zombie.
„Das ist eine tolle Idee“, lachte Tutti. „Wolfgang stellt sich zur Wahl. Er hat doch so ein einnehmendes Wesen und er diskutiert ja auch so gern.“
„Na klar“, höhnte der Werwolf. „Ick wäre jenau der Richtige für den Job!“
„Leute!“, rief Freddy. „Die Lösung ist doch ganz einfach: Dr. Mortis muss selbst antreten!“
„Du hast recht!“, rief der Vampir und klopfte Freddy anerkennend auf die Schulter. „Dass ich da nicht selbst drauf gekommen bin! Das ist ein fantastischer Plan!“
„Dann hoffe ick mal, dass du morgen noch nix vorhast“, brummte Wolfgang Wütke und zog den **KOBOLDKURIER** aus der Gesäßtasche seiner blauen Latzhose hervor. „Da sollen sich nämlich alle Kandidaten auf dem Tempelhofer Feld mit ’ner Rede vorstell’n.“
„Kein Problem!“, rief Freddy. „Wir können Dr. Mortis helfen. Ich bin zum Klassensprecher gewählt worden.

Zwei Jahre in Folge. Das ist kein Zufall. Das ist das Ergebnis eines ausgeklügelten Wahlkampfes."

„Alle Freunde auf dem Schulhof fragen, ob sie einen wählen wollen, und die anderen mit Bonbons bestechen ist kein Wahlkampf", sagte Flo.

„Wohl!", erwiderte Freddy.

„Nein!", schrie Flo.

„Was ist denn hier los?", rief da auf einmal eine Stimme hinter ihr. Flo wirbelte herum.

Papa stand mit aufgerissenen Augen in der Tür.

Flo schaute sich im Wohnzimmer um und versuchte zu sehen, was ihr Papa sah: einen Werwolf, der in seinem Lieblingssessel lümmelte, einen Vampir, in dessen Armen eine Blumenelfe lag, einen Haufen putzender Heinzelleute (immerhin!), ein schmollendes Gespenst, einen mit kotzgrünem Smoothie bekleckerten Zombie und einen Mumienjungen, der es gerade geschafft hatte, sein Handy mit der Anlage zu verbinden. Die lauten Bässe eines Hip-Hop-Songs dröhnten durchs Zimmer.

„Na, wir feiern eine Party", nuschelte Freddy, den Mund voller Erdnussflips.

„Das sehe ich", sagte Papa. „Aber warum? Und wieso fragt ihr nicht vorher?"
Er hatte nicht mehr so entsetzt ausgesehen, seit sie ihm gestanden hatten, dass Poppy nicht das einzige magische Wesen im Haus war. Da hatte Papa erst mal zwei Wochen lang Migräne gehabt. Er war da irgendwie komisch, ganz anders als Ulrike.
Flo hatte zwar nicht beabsichtigt, Papa derart zu schocken, aber wenn sie genauer darüber nachdachte, war sie eigentlich ziemlich zufrieden mit der ganzen Geschichte. So schnell würden sie sicher nicht wieder babysitten müssen.
Poppy versuchte anscheinend, die Situation zu retten, indem sie Papa die Frischhaltebox entgegenstreckte: „Panierter Froschschenkel?"

KAPITEL 4

FREDDY ERWISCHT FLO

Am nächsten Morgen lief Freddy über den Hof, vorbei an dem kleinen Kräutergarten und der Vogeltränke. Ein paar Spatzen flatterten auf. Hinter dem mit Wein überwucherten Schuppen lag die verwitterte Steinpyramide, in der Tutti wohnte. Die Mumie hieß eigentlich Tutanchamun und war einmal Pharao von Ägypten gewesen. Jetzt wohnte sie allerdings hier in Berlin auf dem Hof der Jüterboger Straße 13.

Freddy ließ den Blick über die verschiedenen Hieroglyphen wandern, die in die Steine eingeprägt waren. Die alten ägyptischen Schriftzeichen hatten die Form eines Auges, eines Käfers oder einer Vase. Freddy wusste, dass man die Pyramide öffnen konnte, indem man die Steine in einer ganz bestimmten Reihenfolge drückte. Er wusste aber auch, dass Tutti es nicht mochte, wenn man einfach so bei ihm reinspazierte. Darum hatte Wolfgang ihm kürzlich eine Klingelanlage eingebaut.

Freddy berührte den Stein, auf dem eine Glocke abgebildet war, und tatsächlich ertönte ein lauter Gong im Inneren der Pyramide. Kurz darauf rumpelte eine der vier Wände zur Seite und gab den Blick auf eine Treppe frei.

Als Freddy die ersten Stufen hinuntergegangen war, hörte er Tutti schon rufen: „Hey, Frederick, altes Haus! Was führt dich in meine bescheidene Hütte?“

Freddy nahm die letzten Stufen und fand Tutti in seinem Gamingsessel mit dem Controller einer Spielkonsole in der Hand. Eine riesige Leinwand hing von der Decke herunter. Tutti hatte anscheinend mitten in einer Auto-Rallye gestoppt.

„Ich steh voll auf Rennen“, erklärte er und öffnete die Tür des Getränkekühlschranks, der direkt neben ihm

stand. „Cola?“, fragte Tutti und hielt Freddy eine Flasche hin.
„Nein, danke“, lehnte Freddy höflich ab. Wenn er die Limo trinken würde, müsste er sich nachher von Ulrike eine Standpauke über Knochendichte und Wachstum anhören. „Ich bin hier, weil ich Aufnahmen für ein Wahlkampfvideo von Dr. Mortis machen will. Kannst du was Nettes über ihn sagen und ich nehme dich dabei auf?“
„Aber klaro“, stimmte Tutti sofort zu. „Ich bin voll dafür, dass Vigor antritt. Der soll in dem alten Laden mal aufräumen! Stell dir vor, Draculus würde gewinnen! Dann könnten wir hier einpacken!“
„Müsstest du dann zurück nach Ägypten?“, fragte Freddy.
„Ich hoffe nicht“, sagte Tutti. „Ich könnte niemals ohne Minipizza und Bubble Tea leben!“
„Na dann! Fangen wir mal an!“, sagte Freddy und holte das Tablet von seinem Papa aus dem Rucksack. Er wählte die Filmaufnahme-App aus und drückte auf Start. Dann gab er Tutti mit dem Daumen das Startzeichen.

Die Mumie begann spontan mit einem Sprechgesang:

„HEY, LEUTE, WAS GEHT?
PASST AUF, WORUM SICH'S DREHT.
DER VIGOR STEHT ZUR WAHL.
ER IST KRASSER ALS GRAF ZAHL!
'NE MEGACOOLE SOCKE.
WENN ICH MICH NICHT VERZOCKE,
IST ER DER BESTE VON UNS ALLEN.
LASST DIE KORKEN KNALLEN!
VERGESST DAS MIT DEM PFÄHLEN!
VAMPIRE SOLL MAN WÄHLEN!"

„Das war toll!“, rief Freddy begeistert. „Hast du dir das gerade ausgedacht?“
„Das war Freestyle, Alter.“
„Richtig cool“, sagte Freddy und packte das Tablet wieder ein. „Dann klappere ich jetzt noch die anderen ab.“

Nachdem Freddy noch kurze Videos von Wolfgang Wütke, Bettina und Frau Lohmeyer aufgenommen hatte, hüpfte er die Treppen in den zweiten Stock hinunter. Er konnte es gar nicht abwarten, die Clips zu einem coolen Werbefilm zusammenzuschneiden.
Als er die Wohnungstür öffnete, fielen ihm gleich die großen weißen Turnschuhe auf, die weder ihm oder Flo noch Papa oder Ulrike gehörten. Sie fühlten sich ganz falsch an, wie zwei Eisbärbabys in der Wüste. Neben den Turnschuhen lag Flos Rucksack. Wollte die nicht eigentlich beim Judo sein? Was ging hier Geheimnisvolles vor?
Freddy schlich in sein Zimmer. Die Schranktür nach nebenan war nur angelehnt. Er spähte durch den Spalt. Auf Flos Computer lief so ein Teenie-Tanzfilm. Freddy sah Flo und Luca Lanz. Sie schauten den Film nicht nur. Sie tanzten mit!
Freddy musste lachen. Erschrocken presste er sich eine Hand auf den Mund. Aber es war zu spät. Flo wirbelte herum und ihre Blicke trafen sich.
„Du elender Wurm!“, schrie sie und hechtete Richtung Schranktür. Freddy rannte los und stürzte

den Flur entlang. Flo setzte ihm nach. Freddy wollte zur Wohnungstür raus, aber er fiel über Lucas riesige Turnschuhe. Flo warf sich auf ihn.
„Was fällt dir ein?“, schrie sie. „Wer hat gesagt, dass du uns beobachten darfst? Hast du noch nie was von Privatsphäre gehört?“
„D-d-doch! Natürlich!“, stotterte Freddy. „Aber die gilt doch nicht für große Schwestern!“
Neben den beiden öffnete sich die Wohnungstür.
„Was ist denn hier los?“, rief Papa.
„Freddy hat uns heimlich beobachtet!“, schrie Flo. „Er hat gesehen, wie … Ist ja auch egal. Er ist einfach die widerlichste kleine Kröte, die man sich vorstellen kann.“
„Flo und Luca haben getanzt“, sagte Freddy grinsend.
„Frederick Feyerabend!“, sagte Papa streng. „Das geht wirklich überhaupt nicht! Du kannst doch deine Schwester nicht einfach ausspionieren! Ich glaube, wir zwei müssen mal ein ernstes Wörtchen miteinander reden. Komm mit!“
Papa zog Flo von ihrem Bruder herunter, half Freddy auf und schob ihn vor sich her in Richtung

Kinderzimmer. Da kam ihnen Luca entgegengeschlurft. „Hey, Mister F, hey, Halbling", sagte er und hob die Hand. „Ich hau ab und so. Wir sehen uns!"
Papa stutzte kurz, dann schob er Freddy weiter. Im Kinderzimmer angekommen, wich seine strenge Miene einem Grinsen. „Ich habe dir gerade das Leben gerettet, mein Großer", sagte er und zwinkerte Freddy zu.
„Danke." Freddy fuhr sich verlegen durch seine rotblonden Locken.
„Und jetzt raus mit der Sprache", sagte Papa. „Zu welchem Lied haben sie getanzt? Langsam oder schnell?"

KAPITEL 5

POPPY HEXT EINEN HALBLING

Poppy ließ eine blau getupfte Socke in das Terrarium mit den Plagemotten fallen. Diese kleinen Biester zu fangen, war schwierig, weil sie im ungedörrten Zustand unsichtbar waren. Poppy wusste aber, dass sie sich gern im Wäschekorb versteckten, um dort die Socken zu fressen. Merkwürdigerweise nur die linken. Sie sah, wie der Strumpf langsam angenagt wurde. Als es klingelte, hatten die Plagemotten schon drei große Löcher hineingefressen. Das Hexenmädchen lief zur Tür.

Davor stand Freddy und plapperte sofort drauflos: „Hey, Poppy! Willst du mal sehen, was ich bis jetzt aufgenommen habe? Ich hab schon alles zusammengeschnitten. Flo kommt auch noch. Irgendwann. Sie ist grad ein bisschen sauer auf mich und versucht mich zu bestrafen, indem sie einfach noch langsamer läuft als sonst." Er trommelte mit den Fingern auf dem Türrahmen. Atmete angestrengt ein und wieder aus. Lief eine halbe Treppe hoch und wieder runter. „Sie ist gleich da. Ich habe sie schon an der Tür gesehen."

Flos Strafe zeigte Wirkung. Das Warten schien für Freddy die reinste Folter zu sein.

Da kam Flo die Treppe heruntergetapst. Poppy staunte, wie sich das Menschenmädchen scheinbar mühelos unglaublich langsam bewegte.

Sie gingen hinein und Freddy ließ sich auf das bunt geflickte Filzsofa plumpsen. Flo schlurfte hinterher und nahm einen Stapel Hexenbücher vom Sessel. Sie wollte die Bücher ins Regal legen, aber das war mit Poppys wichtigsten Schätzen und Zauberutensilien vollgestellt: Glaskugeln, Kristallfigürchen,

Hexenhüten, runden Dosen, eckigen Kästchen und Zauberstäben für jede Gelegenheit. Flo stapelte die Bücher auf den Boden.
Freddy zog das Tablet aus der Tasche und spielte das Video ab. Auf Tuttis Rap folgten die Beiträge der anderen Hausbewohner:
„Der Vigor is 'ne janz knorke Type!", sagte Wolfgang Wütke. *„Ick würde ihn wählen. Jibt och keene jute Alternative, oda?!"*
„Guh", machte Zombie Rudi und schien damit alles Wichtige gesagt zu haben.
„Wir schätzen seine Sauberkeit", sagte ein Heinzelmann.
„Um wen geht es?", säuselte Bettina Blütenreich verwirrt.
„Dr. Mortis kann ausreichend gut Schach spielen", erklärte Frau Lohmeyer. *„Aber natürlich nicht so gut wie ich."*
Damit endete der kurze Film und Freddy sah Poppy erwartungsvoll an. „Ähm, ja", räusperte sie sich. „Das ist schon ein ganz guter Anfang."
„Ganz gut?", höhnte Flo. „Das war schrecklich! Sieht

aus, als hätte das ein Zehnjähriger zusammengeschnitten!"
„Hey, ich bin zehn!", rief Freddy.
„Mit diesem Video bringen wir garantiert niemanden dazu, Dr. Mortis zu wählen", sagte Flo. „Wir brauchen dramatische Bilder! Wir müssen zeigen, dass unser Vampir die Massen begeistern kann!"
„Aber wo sollen wir die hernehmen?", fragte Freddy.
Poppy hatte eine Idee. „Heute Abend findet auf dem Tempelhofer Feld doch die Versammlung statt, wo sich die Kandidaten vorstellen sollen", sagte sie. „Vielleicht können wir da ein paar Aufnahmen machen."
„Ja, das wäre voll cool", schwärmte Freddy.
Poppy lächelte. „Dann müssen wir euch aber gut verkleiden, oder noch besser: verhexen!"
„Auf keinen Fall!", wehrte Flo ab. „Ich kenne deine Hexereien. Die gehen ewig nicht weg. Und ich werde bestimmt nicht die ganzen Ferien über als Todesfee durch Berlin laufen."
„Ich will aber!", bettelte Freddy. „Bitte, bitte, Poppy! Mach mich zu einem Troll oder einem Riesen!"

„Wovon träumst du denn nachts?“, fragte Flo spöttisch.
„Im Juli kann ich keine großen Fabelwesen hexen“, erklärte Poppy bedauernd. Sie schnappte sich ihr Tablet und gab bei dieglasgoogle.de ein, unter welchen Bedingungen sie den Verwandlungszauber durchführen wollte:

+ in Berlin-Kreuzberg
+ im Juli
+ am Nachmittag
+ bei Windstille
+ bei Mond im Steinbock

Poppy überflog die Ergebnisse. „Ich könnte dich in einen Elefanten verwandeln“, schlug sie vor.
„Bitte nicht“, stöhnte Freddy. „Mir ist unser Ausflug in den Porzellanladen noch zu gut in Erinnerung.“
„Es wäre vielleicht auch etwas auffällig, wenn wir mit einem Elefanten bei der Versammlung auftauchen würden“, gab Flo zu bedenken. „Außerdem muss er doch das Tablet bedienen.“

„Okay, stimmt", murmelte Poppy und las weiter. „Ameisenbär, Legostein, Gießkanne … Halbling! Ich kann dich in einen Halbling verwandeln!"

„Witzig", sagte Flo.

„Ernsthaft?", fragte Freddy.

„Ja!", rief Poppy. „Das wird toll! Und Flo verkleiden wir einfach als Zombiemädchen."

„Da müssen wir ja gar nicht viel machen", lachte Freddy.

KAPITEL 6

FREDDY FILMT FABELWESEN

Freddy tapste mit seinen großen, behaarten Füßen über die Landebahn. Das Tempelhofer Feld war früher mal ein Flugplatz gewesen, jetzt war es ein riesiger Park. Nun drehten hier Sportskanonen ihre Runden, tollten Hunde über die Wiesen und sausten Kinder und Erwachsene auf Rollschuhen über die ehemaligen Landebahnen. Sonnenanbeter lagen im hohen Gras, Jugendliche tranken literweise Cola und hörten deutschen Hip-Hop aus dröhnenden Bluetooth-Lautsprechern.

Freddy hatte als Halbling in keine seiner Schuhe mehr hineingepasst und so musste er barfuß gehen. Die Sonne begann langsam hinter dem Horizont zu versinken. Trotzdem brannte der Asphalt noch heiß unter seinen Sohlen. Hoffentlich lohnte sich der ganze Marsch! Er wollte mindestens einen Zauberer, sieben Zwerge und zehn Trolle sehen. Und Meerjungfrauen oder Kobolde wären auch nicht schlecht.

Freddys Magen knurrte, obwohl er vor dem Losgehen noch eine extragroße Portion Müsli verdrückt hatte.

„Haben wir was zu essen dabei?“, fragte er Flo, die neben ihm herging. Sie hatte sich nur ein paar dunkle Augenringe geschminkt und die Kapuze über den Kopf gezogen.

„Du hast doch gerade erst …“, begann Flo.

„Ich weiß“, unterbrach Freddy sie. „Ich habe aber trotzdem Hunger. Ich kann doch nichts dafür!“

Etwas Großes, Buntes sauste über ihre Köpfe hinweg.

„Da vorn ist es!“, rief Poppy von ihrem Besen herunter und landete ein paar Meter vor ihnen. „Ihr seht echt super aus!“

„Ich liebe Freddys spitze Ohren und seine wuscheligen Locken“, sagte Flo lachend und strubbelte Freddy über den Kopf. „Halblinge sind echt die Pandabären unter den Fabelwesen. So niedlich!“ Freddy schlug Flos Hand beiseite.

„Psst“, machte Poppy und legte den Finger auf die Lippen. „Wir sind gleich da.“

Freddy entdeckte vor ihnen zahllose Campinggrills, die in einem riesigen Kreis aufgestellt waren. Merkwürdig. Was allerdings noch merkwürdiger war, waren die dichten Rauchschwaden, die von den Grills aufstiegen und alles dahinter verhüllten. Und täuschte Freddy sich oder flimmerten da goldene Funken im grauen Rauch? War hier etwa Zauberei im Spiel?

Freddy sah, dass Poppy unbeirrt auf die graue Wand aus Rauch zuhielt, schließlich darin eintauchte und – schwups – dahinter verschwand. Freddy und Flo folgten ihr zögernd.

Auf der anderen Seite war die Sicht plötzlich ganz klar und Freddy traute seinen Augen nicht: Hunderte magische Wesen standen dicht gedrängt beisammen!

Aber noch erstaunlicher waren ihre Verkleidungen, die sie wohl als Menschen tarnen sollten. An einem Picknicktisch saß ein Zyklop, der vergeblich versuchte, sein einziges Auge hinter einer Sonnenbrille zu verbergen. Neben ihm hatte ein Faun seine Ziegenbeine in enge Jeans gezwängt und ihm gegenüber hockte eine Medusa, die versucht hatte, die Schlangen auf ihrem Kopf unter der Kapuze eines Pullis zu verstecken.

„Da kannst du dich gleich dazusetzen“, flüsterte Freddy Flo zu.

„Haha“, sagte Flo und nahm ihren Rucksack ab. Sie reichte Freddy das Tablet. Er wählte die Kamera-App und schwenkte es herum. Es folgten ein paar Rufe des Unbehagens.

„Das sind Freunde von mir“, beschwichtigte Poppy einen grollenden Troll, dem es offenbar gar nicht gefiel, gefilmt zu werden. „Wir wollen hier nur ein bisschen die Stimmung einfangen.“

Erschrocken ließ Freddy das Tablet sinken und drückte es Poppy in die Hand.

In diesem Moment tauchte die Oberhexe Isabella auf.

Sie sah wunderschön aus in ihrem ärmellosen weißen Kleid. Ihr schwarzes Haar war aufwendig geflochten und zu einem hohen Knoten aufgesteckt.
Isabella stieg auf einen großen, flachen Stein, der daraufhin abhob und einen halben Meter über dem Boden auf der Stelle schwebte. „Die magische Welt hat sich versammelt, weil eine wichtige Entscheidung getroffen werden muss", begann sie feierlich. „Fürst Wanja wird nach nunmehr sieben Jahren den Hohen Rat verlassen und sich wieder verstärkt seiner Meerschweinchenzucht widmen. Deswegen stellt sich die Frage, wer künftig neben mir und Fjodor, dem Wiesenschrat, die Geschicke der magischen Welt lenken soll. Drei Kandidaten stellen sich zur Wahl und hier kommt auch schon die erste Bewerberin: Bitte begrüßt herzlich Erna Eddems!"
Die Umstehenden applaudierten höflich, als eine kleine, hagere Vampirdame die Steinbühne betrat. Freddy und Flo schoben sich neugierig bis zur ersten Reihe durch. Erna Eddems schwankte gefährlich, als der Stein nach oben schwebte. Ihre großen, weiß-lila schimmernden Locken erinnerten Freddy an die

Dauerwelle seiner Uroma Ruth. Erna lächelte ins Publikum und entblößte zwei spitze Eckzähne. Freddy fiel auf, dass der linke länger war als der rechte. Witzig!

„Als ich vor über dreihundert Jahren in der Walachei gelebt habe“, begann Erna mit heiserer Stimme, „durften wir Vampire noch Blut saugen! Die Menschen ließen uns in Ruhe und wir ließen sie in Ruhe. Es sei denn, unser Appetit wurde allzu groß.“ Erna kicherte, doch dann verfinsterte sich ihre Miene.

„Doch eines schlimmen Tages kamen die Bewohner unseres Dorfes mit Fackeln und Mistgabeln bewaffnet zu unserer herrschaftlichen Villa und wollten uns ausräuchern wie Ungeziefer! Diese Monster!" Ernas Stimme bebte. „Zum Glück gelang uns die Flucht nach Berlin."

Freddy hatte das ungute Gefühl, dass Erna Eddems bis heute keine allzu große Menschenfreundin war. Gut, dass hier niemand von der Anwesenheit zweier Menschenkinder wusste.

„Wenn ihr mich wählt", krächzte Erna weiter, „werden die Menschen wieder nach unseren Regeln leben!"

Nach ihren Regeln? Was sollte das denn bedeuten? Dass Vampire wieder nach Lust und Laune Menschen beißen durften? Bei der Alten war offensichtlich eine Schraube locker. Die würde ja wohl keiner wählen! Oder etwa doch?

Erna schwafelte noch weiter über die guten alten Zeiten. Aber Freddy konnte sich nicht mehr konzentrieren. Sein Magen rumpelte so laut, dass er Angst hatte, die anderen könnten das Knurren auch

hören. Er reckte den Hals nach einer der vielen Grillpfannen. Auf dem Rost lagen merkwürdig geformte Teigstücke, blaue Glibberteile und grünes Fleisch. Nichts sah nach Würstchen, Grillkäse oder Kräuterbaguette aus.
Freddy beschloss, dass sein Hunger größer war als sein Ekel. Er griff nach einem Teigstück und warf es unter Au- und Oh-Rufen von einer Hand in die andere, bis es in den Dreck fiel. Traurig schaute er es an. Dann blickte er sich um, und als er sich sicher war, dass niemand hinsah, bückte er sich, hob das Teigteilchen auf und biss ein Stück ab. Es schmeckte gar nicht mal schlecht. Fast wie Stockbrot.
„Ekelhaft“, sagte Flo nur.
Freddy zuckte mit den Schultern und biss ein weiteres Mal ab. Verhaltener Applaus verriet ihm, dass Ernas merkwürdige Rede zu Ende war. Er stopfte sich das restliche Brot in den Mund und wischte sich die Hände an seinem Pulli ab.
„Vielen Dank für diese interessante Rede“, sagte die Oberhexe Isabella und half Erna von dem Stein herunter. „Und da kommt auch schon der nächste

Bewerber für einen Sitz im Hohen Rat: Dr. Vigor Mortis!"

„Hier seid ihr!", rief Poppy, die sich durch die Menge zwängte. „Vigor ist gleich dran." Sie reichte Freddy das Tablet.

Dr. Mortis betrat den Stein, der sogleich wieder nach oben schwebte. Freddy warf einen Blick auf das Display. Natürlich war der Vampir darauf nicht zu sehen, da er nicht aufgenommen werden konnte. Aber Freddy hatte sich vorbereitet. Er zog eine Handpuppe aus der Tasche. Sie hatte schwarze Haare, einen Umhang und zwei spitze weiße Zähne, die aus ihrem Stoffmund herausragten. Sie sah Dr. Mortis erstaunlich ähnlich.

„Kannst du die ein bisschen vor der Kamera bewegen?", fragte Freddy Poppy und reichte ihr die Handpuppe herüber. „So können wir Dr. Mortis am besten im Film unterkriegen."

„Tolle Idee", sagte das Hexenmädchen, streifte sich den Stoffvampir über die Hand und klappte den Mund auf und zu, als Dr. Mortis mit seiner Rede begann.

„Meine lieben Freunde", sagte der Vampir. „Im Gegensatz zu meiner Vorrednerin möchte ich nicht zurückschauen, sondern nach vorn. Und ich frage euch: In welcher Welt wollen wir zukünftig leben? In einer Welt, in der sich Menschen und magische Wesen bekriegen? In einer Welt, in der ein paar veraltete, schwachsinnige Gesetze darüber bestimmen, wie wir zu leben und wen wir zu lieben haben? Nein!"

Die Menge applaudierte. Freddy fiel ein Stein vom Herzen. Aus dem Augenwinkel sah er, wie eine Wassernixe verschämt die Hand eines Kobolds ergriff.

„Ich will euch nichts vormachen", sagte Dr. Mortis. „Auf uns warten große Herausforderungen. Aber wir können sie meistern – wenn wir zusammenhalten! Die magische Welt darf sich nicht entzweien und in Lager gespalten werden! Wir sitzen alle im selben Boot! Wenn wir das beherzigen, haben wir gute Chancen auf ein Leben in Frieden und Freiheit! Wer mich wählt, wählt die Zukunft!"

Jubel brach los. Freddy schwenkte die Kamera in die johlende Menge. Seine Kameralinse fing klatschende

Hexen, Trolle, Mumien und Sphinxe ein. Ein paar Heinzelleute starteten eine La-Ola-Welle und eine Gruppe von Werwölfen jaulte laut. Zufrieden schaltete Freddy das Tablet aus.

Dr. Mortis kam zu ihnen und lächelte. „Na, wie war das?“, wollte er wissen.

„Ganz großes Kino!“, sagte Flo.

„Mega!“, rief Poppy und ließ die Handpuppe sinken.

„Ich fand es auch richtig toll!“, bestätigte Freddy.

Da fiel sein Blick auf einen alten, hageren Vampir, der sich durch die Menge drängelte. Sein Gesicht war düsterer als eine Neumondnacht. Wütend fuchtelte er mit den Händen. Ein Vampir von kleinerem Wuchs zog verschreckt den Kopf zwischen die Schultern und lief nach unterwürfigem Nicken buckelnd davon. Was für einen Befehl der wohl erhalten hatte?

Der alte Vampir kam zu ihnen herüber und schwenkte drohend seinen polierten Gehstock hin und her. „Meine Rede solltet ihr aufnehmen“, sagte er. „Sie wird in die Geschichte eingehen – als die erste Wahlkampfrede des Gewinners!“ Er warf sich einen Lakritzvampir in den Mund und steckte Erna Eddems

auch eine Handvoll zu. „Hier, Alte. Nimm ein paar. Du siehst so aus, als könntest du sie gebrauchen. Die sind mit echtem Blut in den Flügeln. Die machen nicht nur Kinder froh, sondern Vampire ebenso!"
Er betrat den Rednerstein, der nach oben schwebte, und seine Anhänger johlten.
„Ich denke, ich muss mich nicht weiter vorstellen", sagte der Vampir. „Ihr alle wisst, dass der Name Draculus von Minckwitz für die guten alten Werte steht." Er machte eine Pause und ließ sich erneut beklatschen. „Vigor Mortis, dieser verweichlichte Emporkömmling, faselt etwas von Freiheit. Was das in Wahrheit bedeutet, kann ich euch sagen: Chaos! Wo kommen wir denn hin, wenn plötzlich alle tun und lassen dürfen, was sie wollen, und jeder mitbestimmen darf?" Er schaute bedeutungsvoll in die Runde. „Letztendlich dürfen wir die Augen nicht vor der Tatsache verschließen, dass es magische Wesen gibt, die stärker und klüger sind als andere. Die Unsterblichen unter uns – wie zum Beispiel Vampire, Mumien und Zombies – verfügen über unendliches Wissen und unendliche Weisheit."

„Der will, dass die Vampire über alle anderen herrschen“, raunte Flo Freddy zu. „Das ist das Gegenteil von Demokratie und Gleichberechtigung.“

„Wir Unsterblichen kennen die Vergangenheit und darum wissen wir auch, was in Zukunft das Beste für uns alle ist. Wir haben den Weitblick und sollten die Geschicke der magischen Welt lenken!“, rief Draculus. „Daher trete ich an mit der klaren Forderung: Unsterbliche an die Macht!“ Siegessicher riss er die Arme in die Höhe und ein tosender Applaus brach unter den anderen Vampiren, den Zombies und Mumien aus.

Freddy sah aber auch ein paar Trolle, Hexen und Waldgeister klatschen.

Der alte Vampir senkte die Arme und die Menge kam zur Ruhe. „Ihr müsst nur eins bedenken: Selbst unter den Unsterblichen gibt es Verräter. Dr. Vigor Mortis zum Beispiel. Er lebt nicht nur in einer gemischten Hausgemeinschaft. Er will sogar eine Elfe heiraten!“

Ein Raunen ging durch die Menge. „Wenn ich in den Hohen Rat gewählt werde, wird so etwas nicht länger geduldet! Dann werden unsere Gesetze wieder eingehalten. Ich werde euch die alten Werte und Traditionen zurückbringen!"

Der Großteil der Anwesenden spendete tosenden Beifall.

„Dieser Draculus ist nicht nur ein machtbesessener Spinner", flüsterte Flo. „Er ist auch eine echte Gefahr für unsere Hausgemeinschaft. Wenn der gewählt wird, können wir nicht mehr in Frieden zusammen wohnen."

Dr. Mortis' Blick verfinsterte sich. „Das werde ich niemals zulassen."

KAPITEL 7

FLO FLIPPT AUS

Flo lag auf ihrem Bett. Seit etwa einer Stunde hing sie mit ihrer besten Freundin Kathi am Telefon. Gerade schaute sich jede von ihnen Videos an und zu den witzigsten schickten sie sich dann gegenseitig die Links. Eigentlich hätten sie sich dafür auch treffen können, aber dann hätte Flo das Bett verlassen müssen.

Kathi war nach Flos Meinung das beneidenswerteste Mädchen der Welt. Die Glückliche war Einzelkind und hatte zwei ganz tolle Mütter. Ihre Mami arbeitete in einer Parfümerie und brachte jeden Abend neue Proben und Tuchmasken mit. Ihre Mama hatte einen

Eisladen am Viktoriapark und erfand ständig neue Sorten, die Kathi und Flo dann probieren durften. Kathi hatte einfach das perfekte Leben.

„Ich wünschte, ich könnte bei euch wohnen“, jammerte Flo. „Bei dir ist es viel schöner.“

„Du kannst doch in den Ferien ganz viel bei uns übernachten“, schlug Kathi vor. „Nur am Donnerstag geht es nicht. Da bin ich mit den Mamas auf einem Konzert.“

„Und ihr wollt die ganze Nacht tanzen“, sagte Flo. „Ich weiß.“

„Apropros tanzen“, fiel Kathi ein. „Ist Luca jetzt eigentlich dein Freund?“

„Keine Ahnung“, sagte Flo.

„War es denn komisch oder cool mit ihm?“, wollte Kathi wissen.

„Weiß nicht. Ein bisschen aufregend, irgendwie beides.“

„Ich könnte nie mit einem Jungen tanzen“, lachte Kathi. „Die treten einem doch bestimmt auf die Füße.“

„Meine tun immer noch weh“, prustete Flo los.

„Mami ruft mich“, sagte Kathi. „Ich muss zum Mittagessen. Ich ruf dich später noch mal an.“ Sie legte auf.

Flo blieb noch einen Moment liegen und scrollte durch den Klassenchat. Das meiste war langweiliges Zeug. Sie likte ein paar Fotos und warf das Handy dann runter auf ihren blauen Sitzsack.

Am liebsten wäre sie für immer auf dem Bett liegen geblieben, aber in ihrem Magen meldete sich der Hunger. Sie musste dringend was essen. Also raffte sie sich auf, kletterte vom Hochbett, stieg durch den Schrank und stapfte Richtung Küche. Auf halbem Weg blieb sie stehen, denn sie hörte Freddy hämisch kichern. Lachte er etwa über sie? Flo schlich näher heran und warf einen vorsichtigen Blick durch den Türspalt. Sie sah Freddy mit dem Tablet am Küchentisch sitzen. Er bearbeitete die Rede von Dr. Mortis mit seiner Lieblings-App. Neben ihm stand ein Korb mit Gebäck. Gerade griff er mit seiner behaarten Hand nach einem Rosinenbrötchen und schob es sich zur Hälfte in den Mund. Sein Halblingshunger war wirklich durch nichts zu stillen.

„Und dann hatten sie die Arme umeinandergeschlungen“, sagte Freddy mit vollem Mund. „Und haben sich hin und her geschaukelt.“
„Na, so was“, hörte Flo Papas Freundin antworten.
„Luca ist voll bescheuert“, fuhr ihr kleiner Bruder fort. „Der tanzt zu einem doofen Teeniefilm. Voll peinlich!“
„Na ja“, sagte Ulrike, „das kann auch schön sein.“
„Ich würde nie tanzen!“, lachte Freddy und steckte sich den Rest des Brötchens in den Mund. „Das machen doch nur Flaschen.“
In Flo stieg Wut auf. Sie stieß die Tür auf, stürmte auf Freddy zu und zog ihn am Ohr. „Er ist gar keine Flasche!“, rief sie.
„Aua, Flo!“, jaulte Freddy. „Lass mich los! Ich hab doch gar nichts gesagt, du doofe Kuh!“
„Du bist so ein Idiot!“, schrie Flo.
„Florentine!“, rief Ulrike. „Lass ihn los!“ Sie sprang auf und versuchte, Flos Hand zu lösen. „Beruhige dich mal!“
„Du hast mir gar nichts zu sagen!“, kreischte Flo. „Du bist nicht meine Mutter!“

„Das stimmt“, sagte Ulrike. „Ich habe dich aber trotzdem lieb und Freddy auch. Und deswegen möchte ich, dass du ihm nicht die Ohren abreißt. Die sind eh schon so lang! Wann hext Poppy dich eigentlich wieder zurück?“
Klar war sie wieder auf seiner Seite! Niemanden interessierte es hier, dass die kleine Petze ihre geheimsten Geheimnisse ausposaunte.
„Du hast keinen blassen Schimmer, wie es mir geht!“, rief Flo.
„Doch, ich verstehe, dass Freddy deine Gefühle verletzt hat“, sagte Ulrike. „Ich könnte uns einen schönen Tee machen und wir reden darüber? Wie klingt das für dich?“
„Wie der Vorhof zur Hölle!“, erwiderte Flo.
„Komm schon“, sagte Freddy grinsend. „Wir trinken einen leckeren Schoko-Chai-Tee und dann erzählst du uns alles darüber, wie es war, mit Luca zu tanzen.“
„Ich hasse dich!“, schrie Flo. „Wenn du dich noch ein Mal in meine Privatsphäre einmischst, rasiere ich dir die Locken von deinem hässlichen Kopf.“
„Als ob“, konterte Freddy.

„Ich glaube, du gehst erst mal auf dein Zimmer, Florentine", sagte Ulrike bestimmt. „Bis du dich beruhigt hast."
Das durfte ja wohl nicht wahr sein! Die beknackte Freundin von Papa, die ein weiteres Geschwisterchen in ihr eh schon mieses Leben gebracht hatte, wagte es, sie wie eine Vierjährige auf ihr Zimmer zu schicken! Die tickte wohl nicht richtig!
„Da kannst du ja Luca anrufen", sagte Freddy. „Und dich bei ihm ausheulen."
„Freddy, es reicht jetzt", ermahnte Ulrike ihn. „Du siehst doch, dass Florentine sich schon genug aufregt."
Der letzte Satz hallte in Flos Kopf nach. Was sollte das heißen – sie regte sich schon genug auf?! Fand Ulrike ihr Verhalten etwa übertrieben? Flo konnte nicht fassen, dass alle Ungerechtigkeit der Welt über ihr ausgeschüttet wurde. Wieso konnte sie nicht Kathis Leben führen? Wieso konnte sie nicht ohne bekloppte Stiefmutter in einer Wohnung mit Aussicht auf den Viktoriapark und eigenem riesengroßen Zimmer wohnen? Mit allen Streamingdiensten, die es gibt?

„Ich geh zu Kathi!", schrie Flo. „Und ich komme nie mehr wieder!"
„Nein, das tust du nicht", sagte Ulrike. „Du gehst auf dein Zimmer. Du hast Hausarrest."
„Ich habe überhaupt kein richtiges Zimmer!", schrie Flo. „Und außerdem kannst du das gar nicht bestimmen!"
„Doch, das kann ich", sagte ihre hirnverbrannte Stiefmutter in aller Seelenruhe. „Ich bin mir sicher, dass Frank damit einverstanden ist, und jetzt ab mit dir. Wir sprechen uns wieder, wenn du dich abgeregt hast."
Flo rannte ins Kinderzimmer und knallte die Tür zu. Sie war so megasauer auf Freddy, dass sie am liebsten gegen die Kackschrankwand geboxt hätte. Sie wollte sich an ihm rächen. Nur wie? Da fiel ihr Blick auf den ferngesteuerten Raupenkran von LEGO Technic oben auf dem Regal.
Sie stellte sich auf einen Stuhl und zog an dem Plastikmonster. Es fiel auf den Teppich und zerbrach in 2883 Teile. Flo war befriedigt. Das hatte er nun davon.

Trotzdem konnte Flo Freddy und Ulrike keine Minute länger ertragen. Sie musste zu jemandem, der sie verstand. Sie zog ihre Sandalen an und schlüpfte lautlos zur Tür hinaus.

Flo fläzte sich in Kathis Hängesessel. Von der kühlenden Tuchmaske auf ihren glühenden Wangen stiegen erfrischende Dämpfe in ihre Nase. Kathi kam mit zwei großen Eisbechern ins Zimmer. Himbeerbrausepulver-Limette. Die neueste Eiskreation ihrer Mama. Kathi und Flo schoben sich gleichzeitig einen riesigen Löffel in den Mund.
„Aua, Hirnfrost!“, jammerte Kathi. Sie stellte den Eisbecher zur Seite und griff nach ihrem Handy. „Flo, bist du irre?“, fragte sie plötzlich. „Was schreibst du denn in den Klassenchat?“
„Gar nichts“, sagte Flo. „Ich hab nur ein paar Daumenhoch verteilt.“
Flo griff in ihre Hosentasche. Sie war leer. Da fiel ihr ein, dass sie ihr Handy auf dem Sitzsack liegen

gelassen hatte. Sie fühlte sich mit einem Mal, als würde ihr ein Arm fehlen. Sie hasste es, ohne Handy unterwegs zu sein.

„Flo, du musst jetzt ganz tapfer sein", sagte Kathi und reichte ihr das Smartphone. Flo starrte aufs Display und scrollte durch den Klassenchat. Eine Florentine Feyerabend hatte Folgendes gepostet: *Ich bin verknallt in Luca Lanz und hab ganz schön mit ihm getanzt.*

Wie konnte das sein? Wer hatte das geschrieben? Jemand, der sie hasste und Zugang zu ihrem Handy hatte. Freddy! Diese kleine Ratte!

Flo überflog mit angehaltenem Atem die Kommentare unter dem Spruch.

Helene Keck
Ich wusste schon immer, dass Florentine keinen Geschmack hat, aber dass sie so tief sinken würde ...

Jonas Meier
Iiihhh.

Mia Schröder
Warum hast du das nur getan?

Leon Ludwig
Gemeldet und blockiert

Milla Tannenweg
🤮🤮🤮

Emma Krüger
Schön für dich!

Paul Pupst
Boah, die Kinder von denen werden voll hässlich.

Helene Keck
Und dumm!

Erik Böhme
Wann ist denn die Hochzeit?

Theo Deppich
Mega, Luca! Was ist danach passiert?

Manuel
Ich hab mit Luca auch schon getanzt.

Kathi reichte ihr zwei Lollis, Kiwi-Bananasplit. Auch eine Kreation ihrer Mama. „Das beruhigt die Nerven“, sagte sie.

Ohne weiter darüber nachzudenken, steckte Flo die Lollis in die Tasche und las weiter. O nein. Luca selbst hatte auch was geschrieben und das machte alles nur tausendmal schlimmer:

Luca Lanz
Na und?! Tanzen ist doch schön.

KAPITEL 8

DR. MORTIS KOMMT AUF DUMME GEDANKEN

Dr. Vigor Mortis betrat kurz nach Sonnenuntergang die Umkleide des Fitnesscenters *Fit-By-Night*. Der Vampir zog seinen etwas zu knapp geschnittenen Gymnastikanzug an. Er war schwarz und hatte dünne Träger. Die Kerzen an den Wänden flackerten und erhellten die abgewetzten Holzbänke und verrosteten Spinde. Die deckenhohen Spiegel waren zumindest für die Vampire unter den Spätsportlern nutzlos, denn sie hatten ja kein Spiegelbild. Sie konnten auch nicht von Kameras aufgenommen werden. Deswegen gab es im **KOBOLDKURIER** immer nur Zeichnungen von Vampiren.

Ein modriger Geruch waberte durch den fensterlosen Raum. Die Räumlichkeiten des *Fit-By-Night* waren alle dunkel und stickig. Aber es war das einzige Fitnesscenter für Nachtwesen aller Art in Berlin und es war sehr gut besucht.

Unsterblichkeit hatte eben auch Nachteile. Der größte war, dass Hunderte von Jahren auf zu weichen Matratzen und in schlechter Sitzhaltung ihren Tribut verlangten. Dr. Mortis konnte ohne seine Rückenübungen keinen Tag durchschlafen.

Normalerweise machte er deswegen den *FlexiFit*- und den *Core-Xpress*-Kurs immer gleich hintereinander. Nach der nervenraubenden Wahlveranstaltung am Abend zuvor wollte er heute jedoch erst noch auf ein paar Geräten entspannen.

Der Vampir nahm einen letzten Schluck aus seinem neongrünen Smoothiebecher und stellte ihn zurück in den Spind. Dann schnappte er sich sein schwarzes Handtuch mit dem Fledermausemblem. Beim Verlassen der Umkleide stieß er fast Erna Eddems

um. Die Vampirdame scherte sich gar nicht darum und humpelte einfach weiter.
Dr. Mortis warf einen Blick in den nächsten Raum. Hier zogen sich die Zombies um. Oft knallten die jedoch bloß sinnlos gegen die Glastür der Duschkabine und fanden mit viel Glück irgendwann wieder heraus. Dr. Mortis entdeckte Rudi, der es irgendwie geschafft hatte, seine Sportshorts über den Kopf zu ziehen. Zum Glück trug er untenrum eh immer eine Jogginghose.
„Guh", machte Rudi und lief auf Dr. Mortis zu.
„Ja, komm mit", sagte der Vampir und hakte den Zombie unter.
In der Gerätehalle standen mehrere Folterinstrumente aus dem Mittelalter. Was Menschen nichts als Schmerzen beschert hätte, verhieß den Wesen der Nacht absolute Wohltat. Am meisten genoss Dr. Mortis die Streckbank, die ihn mal wieder richtig lang machen würde. Außerdem mochte er die Eiserne Jungfrau. Der metallene, aufklappbare Hohlkörper hatte die Form einer Frauengestalt und war mit Nägeln beschlagen, deren

Spitzen ins Innere hineinragten. Dr. Mortis liebte es, sich in diesen Kasten zu stellen und die Klappen zu schließen. Diese intensive Akupunktur war unvergleichlich und die beste Medizin.

An den Wänden hingen große Fernseher. Normalerweise liefen hier witzige Serien wie *Der kleine Vampir*. Heute jedoch flimmerte der

Wahlwerbefilm von Draculus in Dauerschleife über die Bildschirme. Das war wenig überraschend, schließlich gehörte Draculus das *Fit-By-Night*. Überraschend war, dass Draculus höchstselbst in dem Film auftrat! Von allen Seiten grinste er Dr. Mortis an! Wie war das möglich? Da musste wohl die neueste Computertechnik nachgeholfen haben. Und gewiss hatte Draculus ein Vermögen dafür ausgegeben.

Dr. Mortis machte kehrt und zog den Zombie mit sich. „Lass uns doch lieber in die Sauna gehen", sagte er.

Auf dem Weg zum Wellnessbereich begegneten den beiden jede Menge Handlanger von Draculus. Sie bauten mannshohe Pappaufsteller zusammen, verteilten Flyer und versuchten, mit den Anwesenden über das Wahlprogramm ihres Chefs ins Gespräch zu kommen. Draculus' buckliger Diener Kratzfuß verteilte Gutscheine für das Fitnesscenter.

Sein Herr selbst ließ sich nie im *Fit-By-Night* blicken. Draculus hasste die Großstadt und zog es vor, in seinem Schloss von den guten alten Zeiten zu träumen. Dass er sich für den Wahlkampf in Berlin aufhalten musste, war sicher eine große Zumutung für ihn.

„Ich fasse es nicht", flüsterte Dr. Mortis. Er starrte zu Kratzfuß hinüber. „Dass Draculus sich mit Gutscheinen Stimmen kaufen will!" Wie sollte er dagegen ankommen? Mit einem lauten Rums knallte er gegen eine Glasvitrine, die mitten im Gang stand.

„Verdammt, Rudi!", schimpfte Dr. Mortis. „Hättest du mich nicht warnen können?"

„Guh", machte der Zombie und zuckte mit den Schultern.

„Du dachtest, ich wollte gegen die Vitrine laufen?", fragte Dr. Mortis ungläubig. „Stöße gegen den Kopf sortieren doch nicht deine Gedanken! Wer hat dir denn so einen Blödsinn erzählt? Seit wann steht hier überhaupt diese blöde Vitrine?"

„Guh", machte Rudi aufgeregt.

„Sporttrophäen? Welche Sporttrophäen?"

„Guh", erklärte Rudi.

„Ach so, die *Finsteren Viecher* haben die gewonnen! Verstehe." Dr. Mortis interessierte sich überhaupt nicht für Sport, aber von den *Finsteren Viechern* hatte selbst er schon gehört. Sie waren zurzeit die erfolgreichste Troll-Wrestling-Mannschaft der ganzen magischen Welt. Außerdem kamen sie regelmäßig zum Muskeltraining hierher. Schließlich gehörte Draculus nicht nur das Fitnesscenter, sondern auch die Mannschaft.

Dr. Mortis betrachtete die Gegenstände in der Vitrine genauer. Die *Finsteren Viecher* hatten schon richtig viele Preise gewonnen, die hier bei ihrem Teamchef ausgestellt wurden. Mit normalen Pokalen oder Medaillen hatten diese Trophäen allerdings nichts zu tun. Dr. Mortis erinnerte sich, einmal gelesen zu haben, dass Gottfried Goldzahn die Sportpreise für die Meisterschaften auslobte. Der Multimillionär war ein bisschen eigen und hielt nichts von schnöden Pokalen. Er wählte immer Artefakte aus seiner eigenen Sammlung aus.

Einige Stücke erkannte Dr. Mortis sogar wieder. Das spitz zulaufende Gefäß in der Mitte war das Schäßburger Trinkhorn. Es füllte sich mit jeder Flüssigkeit, die man sich wünschte. In einer kleinen

Schatulle lag der Silberne Dolch von Gustav dem Dämlichen und dahinter die Armbrust von Geraldine van Swieten. Dr. Mortis schauderte. Die gefürchtete Vampirjägerin hatte mit dieser Waffe vor Hunderten von Jahren Holzpfähle auf Vampire geschossen. Doch dann erspähte Dr. Mortis das interessanteste Artefakt von allen. Er stieß Rudi in die Seite. „Sieh nur, das Amulett von Casandra der Grausamen!", flüsterte er.

„Guh", machte der Zombie.

„Ja, es hat eine sehr spannende Geschichte", sagte Dr. Mortis. „Die Grafentochter Casandra sollte mit Nicolai, dem Fürsten der Walachei, verheiratet werden. Zu ihrer Verlobung gab ihr Vater ein rauschendes Fest. Doch dann geschah das Unglück: Als sich Casandra, erhitzt vom Tanzen, kurz im Garten abkühlen wollte, wurde sie hinterrücks von einem Vampir angegriffen. Sie überlebte den Überfall, wurde aber selbst zu einer Vampirin."

„Guh", machte Rudi betroffen.

„Nein, das war noch nicht das Ende der Geschichte", erzählte Dr. Mortis weiter. „Casandras Verlobter hatte nämlich ein großes Geheimnis: Er war nicht nur ein

reicher Fürst, sondern auch ein Gestaltwandler! Doch davon durfte natürlich niemand erfahren, sonst wäre es ihm ja nicht erlaubt gewesen, seine Casandra zu heiraten! Außerdem war Fürst Nicolai ein fähiger Zauberer. Und so erschuf er das Amulett. Es sollte seine Geliebte in einen Menschen zurückverwandeln, damit sie den Bund der Ehe eingehen konnten. Fürst Nicolai legte all sein magisches Können hinein und doch würde die Zauberkraft des Amuletts nur für eine einzige Verwandlung reichen."

„Guh", machte der Zombie.

„Nein", widersprach Mortis. „Fürst Nicolai hat es nie benutzt. Noch in derselben Nacht, in der er es Casandra auf die Stirn drücken wollte, biss sie ihn und machte so ihren eigenen Verlobten zum Vampir. Doch nicht nur das. Sie erschuf damit unwissentlich den ersten und wohl auch letzten Gestaltwandler-Vampir. Seitdem wird sie Casandra die Grausame genannt."

„Guh?", fragte Rudi.

Mortis überlegte. „Rudi! Du … du hast recht …", stammelte er. „Wenn ich Draculus in einen Menschen verwandeln würde, dürfte er nicht mehr für den Hohen Rat kandidieren. Ich hätte die allerbesten Chancen, zu gewinnen, und dann könnte ich die Gesetze ändern und Bettina heiraten. Dieses Amulett könnte unser aller Rettung sein!"

KAPITEL 9

FREDDY WIRD ÜBERFALLEN

Freddy wurde von einem Summen geweckt. Träumte er noch oder waren die Bienen von Bettina Blütenreich durchs offene Fenster in sein Zimmer geflogen? Er versuchte, sich einen Reim darauf zu machen, warum es in seinem Zimmer summte, aber sein Gehirn schlief noch zur Hälfte. Es fühlte sich an, als hätten seine Gedanken Beine, die sich durch dicke Pampe schleppen mussten.

Das Geräusch kam näher. Was konnte das sein? Wie ein Blitz durchzuckte Freddy plötzlich ein Gedanke.

Er riss die Augen auf und sah Flo, die sich mit Papas Elektrorasierer über ihn beugte. Freddy schrie aus voller Kehle.

Im Nebenzimmer rumste es derart laut, als wäre ein riesiger Kartoffelsack auf den Boden geplumpst. Etwas ächzte, stöhnte und knallte gegen die Tür. Dann schien dem Etwas einzufallen, dass die Tür nach innen aufging. Sie quietschte. Der Kartoffelsack rumpelte über den Flur Richtung Kinderzimmer.

„Was ist los?“ Papa knipste das Licht an.

„Sie will mir den Kopf rasieren!“, schrie Freddy.

„Ich habe ihn gewarnt“, sagte Flo trocken. „Er wollte es nicht anders.“

„Bist du denn völlig wahnsinnig geworden?“, schrie Papa. „Du kannst doch nicht mitten in der Nacht deinen kleinen Bruder überfallen!“

„Er hat uns beobachtet!“, schrie Flo zurück. „Und in meinem Namen alles in den Klassenchat gepostet!“

„Das ist doch kein Grund!“, rief Papa.

Freddy stand auf und torkelte schlaftrunken zum Wandspiegel. Der hing neben dem großen Fenster und hatte die Form eines riesigen Eises am Stiel. Alle

seine rotblonden Locken waren noch dran. Er war rechtzeitig aufgewacht. Puh!
„In diesem Haus ist immer alles meine Schuld!", rief Flo.
Freddy hörte nicht mehr richtig hin, denn er sah aus dem Augenwinkel einen gewaltigen Schatten am Fenster in den Sinkflug gehen. Es sah aus wie ein Riesenvogel. Sofort riss Freddy das Fenster auf, warf sich bäuchlings über die Brüstung und versuchte zu erkennen, wo er hingeflogen war. Auf dem Balkon von Dr. Mortis regte sich etwas.
Freddy schaute auf seine Armbanduhr. Es war zwei Uhr morgens. Freddy lachte über seine eigenen Gedanken. Ein Riesenvogel! So ein Quatsch! Es war doch nur der Vampir gewesen, der von einem nächtlichen Ausflug zurückgekehrt war.
„Es ist auf jeden Fall deine Schuld, dass jetzt das ganze Haus wach ist!", schrie Papa seine große Schwester an.
Freddy schloss das Fenster wieder.
„Übertreib doch nicht", rief Flo zurück. „Bis jetzt sind nur ich, du und Freddy wach."

„Und Dr. Mortis", warf Freddy ein, woraufhin Flo mit den Augen rollte. Hoffentlich würden sie ihr nicht irgendwann aus dem Kopf fallen.
In diesem Moment erschien Ulrike mit dem putzmunteren Baby auf dem Arm in der Tür. Sie sah so aus, als hätte sie diese Nacht noch nicht so besonders viel Schlaf bekommen. Ihre Miene verdunkelte sich. „Wisst ihr, wie lange es gedauert hat, Frida zum Einschlafen zu kriegen?"
„Siehst du", sagte Papa vorwurfsvoll in Flos Richtung.
„Ich wollte eigentlich nichts sagen, Flo", brummte Ulrike, „aber du hast dich auch schon heute Nachmittag total danebenbenommen und dich dann auch noch rausgeschlichen, obwohl ich dir Stubenarrest gegeben hatte. Irgendwann hat meine Geduld auch ein Ende."
„Was ist nur los mit dir, Florentine?", fragte Papa.
„Mit mir ist gar nichts los!", rief Flo. „Es ist nur unfair, dass die Kleinen immer bevorzugt werden!"
Wie aufs Stichwort strampelte Frida sich frei und Ulrike ließ sie auf den Boden runter. Halb krabbelte, halb segelte sie auf Freddy und Flo zu.

„Den Rest der Nacht dürft ihr sie haben“, sagte Ulrike und stapfte Richtung Schlafzimmer. „Und sagt Poppy, sie soll das mit dem Schlittern wieder in Ordnung bringen!“

„Es ist doch wohl nicht unfair“, sagte Papa zu Flo, „dass ich es nicht cool finde, wenn du nachts deinem Bruder eine Glatze verpassen willst.“

„Das meine ich gar nicht“, antwortete Flo. „Du könntest aber auch mal ein bisschen Verständnis für mich haben.“

„Das fehlt mir gerade einfach“, sagte Papa. „Können wir uns vielleicht darauf einigen, dass wir uns in dieser Familie nicht zu nachtschlafender Zeit andere Frisuren verpassen – und zwar egal, was vorher vorgefallen ist?“

Frida zog sich an Freddys Bett hoch. Sie sah total ausgeschlafen aus. Wie war das möglich? Es hieß doch, Kinder bräuchten viel Schlaf. Wieso waren sie dann immer nachts wach und terrorisierten ihre Erziehungsberechtigten? Freddy nahm Frida hoch und küsste sie auf ihren warmen Kopf mit den flauschigen blonden Babyhaaren.

„Was machen wir denn jetzt?", fragte er.
„Jetzt gehen wir erst mal alle wieder ins Bett", bestimmte Papa. Er nahm Frida auf den Arm. „Und über deine Strafe unterhalten wir uns morgen noch, Florentine."
Flo stieg durch den Schrank in ihr Zimmer zurück und knallte die Tür zu. Freddy strich sich durch seine Locken und nickte. Er hatte den peinlichen Tanz seiner Schwester beobachtet, seinen Raupenkran gerächt und trotzdem seine Frisur behalten. Freddy war sehr zufrieden mit sich.

KAPITEL 10

FREDDY IST FASSUNGSLOS

Am nächsten Abend klopfte Freddy leise an Flos Schranktür und steckte vorsichtig den Kopf in ihr Zimmer. „Ich geh jetzt runter zu Dr. Mortis", sagte er in den stockdunklen Raum hinein. Draußen vor dem Fenster entlud sich krachend ein Sommergewitter. Blitze zuckten über den Himmel und warfen unheimliche Schatten.

Flo lag auf dem Hochbett und las. Die Decke hatte sie über den Kopf gezogen. Einzig eine kleine Nachttischlampe spendete ein wenig Licht. Flo hatte den ganzen Tag geschmollt und war nur hin und wieder rausgekommen, um sich eine Schüssel Müsli zu holen.

„Ich will Dr. Mortis den Film von seiner Rede zeigen", fuhr Freddy fort. „Kommst du mit?"

„Nein", brummte Flo. Sie machte sich nicht mal die Mühe, von ihrem Buch aufzusehen. Freddy wartete kurz, ob seine große Schwester noch etwas hinzufügen würde, aber es kam nichts mehr. Seufzend schloss er die Tür. Ein dicker Trauerkloß wuchs in seinem Bauch. Er mochte es nicht, wenn Flo sauer auf ihn war. Vielleicht war er diesmal doch ein bisschen zu weit gegangen.

Freddy lief über den Flur und schnappte sich seine Sneaker. Als er sie anziehen wollte, fiel ihm auf, dass immer noch große, behaarte Halblingsfüße aus seiner Jeans herausschauten. Daran hatte er gar nicht mehr gedacht! Freddy zuckte die Schultern. Dann würde er halt weiter barfuß gehen.

Er zog die Wohnungstür hinter sich zu und hüpfte die Treppenstufen nach unten in den ersten Stock. Er betätigte den altmodischen Türklopfer und wunderte sich, als ihm nicht der hochgewachsene Vampir die Tür öffnete, sondern das kleine Hexenmädchen.

„Hi, Freddy", begrüßte Poppy ihn. „Ich wollte gerade Vigors FInstagram-Profil einrichten, damit wir dort das Wahlwerbevideo hochladen können. Aber jetzt kann er sich gar nicht von der Seite trennen." Sie ging voraus. „Siehst du", sagte sie und deutete auf Dr. Mortis, der am Küchentisch saß und gebannt auf den Bildschirm ihres Tablets starrte.

„Ist das ein Video von einem Zombie, der eine Wassermelone frisiert?", fragte der Vampir.

„Ja", bestätigte Poppy. „Die Leute posten echt die verrücktesten Sachen."

„Schau mal, die Katze kann aufs Klo gehen. Und diese Elfe kann im Kopfstand mit ihren Füßen bogenschießen."

„Ja, ja", sagte Poppy. „Das ist alles sehr interessant, aber jetzt müssen wir uns mal um dein Video kümmern. Was ist eigentlich mit Flo? Wollte die nicht auch helfen?"

„Wir haben uns gestritten", sagte Freddy und senkte den Blick. „Sie ist mal wieder sauer auf mich."

„Warum veröffentlichen Heinzelleute eigentlich so gern Clips davon, wie man Kleidung zusammenlegt?", fragte Dr. Mortis.
„War der noch nie im Internet?", fragte Freddy verblüfft und ein bisschen belustigt. Er konnte nicht fassen, wie jemand, der schon so lange lebte, so wenig Ahnung davon haben konnte, was auf der Welt vor sich ging.
„Entschuldige, Freddy, ich war so angetan von dieser Seite, dass ich dich gar nicht richtig begrüßt habe", sagte Dr. Mortis und stand auf. „Was kann ich dir denn anbieten? Vielleicht einen Kakao und ein paar Kekse? Oder doch lieber panierte Froschschenkel mit Schneckenschleim?"
„Kekse wären toll", lachte Freddy. „Ich bin jetzt immer so hungrig!"
Der Vampir öffnete schmunzelnd den Kühlschrank, als plötzlich eine ganze Reihe von Blitzen vor den Fenstern aufzuckte. Freddy schaute hinaus. Am Himmel ballten sich dicke Regenwolken zusammen. Der Sturm drückte gegen die Fenster und ließ sie klappern. Plötzlich ging das Licht aus. Poppy schrie

auf. Starr vor Schreck standen sie in der schummrigen Küche, die nur noch vom Schein des Tablets erleuchtet wurde.

Nach einem Moment der absoluten Stille schlugen mit einem lauten Knall die Fenster auf. Der Wind heulte gespenstisch und schwarzer Rauch strömte ins Zimmer. Freddy hielt den Atem an. Der Rauch begann zu wirbeln, sich zu verformen und allmählich nahm er feste Gestalt an. Vor ihnen standen zwei Männer. Sie trugen lange Mäntel und Uniformen aus dunkelgrünem Leder. Die schwarzen Augen unter ihren Schirmmützen funkelten bedrohlich.

„Wir haben einen anonymen Tipp erhalten", sagte einer der Männer zu Dr. Mortis. „Sie sollen letzte Nacht eine Trophäe aus dem *Fit-By-Night* gestohlen haben. Es handelt sich um das Amulett von Casandra der Grausamen."

Freddy konnte es nicht fassen. Wer waren denn diese Typen und wie kamen sie dazu, ausgerechnet Dr. Mortis des Diebstahls zu bezichtigen?

„Ich habe doch nichts gestohlen!", entrüstete sich Dr. Mortis.

„Seit wann reichen denn ein paar blödsinnige Anschuldigungen, damit die Forseti ausrücken?“, empörte sich auch Poppy. „Ich fasse es nicht!“

„For-was?“, raunte Freddy.

„Die Forseti sind so etwas wie eure Polizei“, flüsterte Poppy. „Sie haben sich nach dem nordischen Gott für Recht und Gesetz benannt.“

„Wir müssen die Wohnung durchsuchen“, erklärte einer der magischen Polizisten. Unter seiner Schirmmütze quollen blonde Locken hervor. Was einigermaßen komisch aussah. Wie ein Engel in Uniform. Er verschwand Richtung Wohnzimmer, während sein Kollege die Küche durchsuchte. Freddy und Poppy standen wie angewurzelt da und starrten sich mit weit aufgerissenen Augen an. Dr. Mortis zuckte mit den Schultern und schüttelte unmerklich den Kopf. Ihm schien auch völlig unklar zu sein, was hier vor sich ging.

Freddy fühlte sich hilflos. Diese Forseti strahlten so viel Macht aus, dass er sich nicht traute einzugreifen. Außerdem beruhigte er sich mit dem Gedanken, dass sie sowieso nichts bei Dr. Mortis finden würden.

„Was haben wir denn hier?!“, rief der blondgelockte Forseti und kam zurück in die Küche. In seiner Hand baumelte an einer feingliedrigen Kette ein silbernes, rautenförmiges Amulett. Es war reichlich mit Ranken und Blüten verziert und mit weißen Perlen besetzt. In der Mitte prangte ein riesiger blutroter Rubin.

Freddy sog erschrocken die Luft ein. Dr. Mortis – ein Dieb? Das konnte doch nicht sein!

„Das ist nicht meins!“, rief der Vampir.

„Ganz genau“, sagte der blonde Forseti und ließ das Amulett in eine Zipper-Tüte gleiten, die er mit einer schnellen Handbewegung verschloss. „Das gehört den *Finsteren Viechern* und Sie haben es gestohlen.“

„Nein, das habe ich nicht!“, beteuerte Dr. Mortis.

„Das können Sie alles Isabella erzählen“, entgegnete der Forseti unbeeindruckt. „Sie sind jetzt erst mal verhaftet.“

„Wagt es ja nicht, ihn abzuführen!“, rief Poppy.

„Willst du uns etwa aufhalten?“, fragte der andere Forseti grinsend. „Dann nehmen wir dich gleich mit.“

Poppy trat beschämt einen Schritt zurück. Freddy legte beschützend den Arm um sie.

„Dachte ich mir“, sagte der Forseti. Er zog einen Zauberstab aus dem Mantel und ließ ihn über seinem Kopf kreisen. Schwarzer Nebel wirbelte wie ein Tornado um den Forseti herum und hüllte ihn, seinen Kollegen und Dr. Mortis ein, bis keiner der drei mehr zu sehen war. Mit einem lauten Donnerschlag schoss der Nebel wie eine schwarze Wolke zum Fenster hinaus. Die Forseti waren mit Dr. Mortis verschwunden.

Freddy war immer noch wie erstarrt. Was war hier passiert? Hatten diese Forseti tatsächlich gerade seinen Freund verhaftet? „Das kann doch nicht wahr sein …“, stammelte er. „Was sollen wir jetzt nur tun?“

„Ich weiß nicht“, sagte Poppy und guckte auch ganz erschrocken.

„Wir müssen Dr. Mortis helfen!“, sagte Freddy entschlossen. „Er ist unschuldig! Er würde doch niemals etwas stehlen!“

„Normalerweise würde ich dir recht geben“, sagte Poppy nachdenklich. „Aber in diesem Fall bin ich mir nicht ganz so sicher. Das Amulett von Casandra der Grausamen ist nämlich nicht einfach bloß ein

hübsches Schmuckstück, weißt du? Es hat magische Kräfte!“ Poppy sah Freddy eindringlich an. „Man kann damit ein magisches Wesen in einen Menschen verwandeln.“

„Ja, und?“, fragte Freddy.

„Du hast doch selbst gesehen, was bei der Wahlkampfveranstaltung los war“, antwortete Poppy. „Draculus hat eine gewaltige Anhängerschaft hinter sich. Was ist, wenn er gewinnt? Er könnte die Hochzeit von Vigor und Bettina verhindern!“

„Ja, aber …“, stotterte Freddy.

„Vigor könnte das Amulett geklaut haben, um es gegen Draculus einzusetzen“, fuhr Poppy fort. „Wenn Draculus ein Mensch wäre, dürfte er nicht

mehr zur Wahl antreten und Vigor wäre seinen größten Konkurrenten los."
„Ich glaube nicht, dass Dr. Mortis so etwas tun würde", sagte Freddy bestimmt. „Er ist der ehrlichste Mensch … äh, Vampir, den ich kenne! Und außerdem ist er unser Freund!"
Poppy dachte kurz nach. „Du hast recht", sagte sie schließlich. „Leider reicht es nicht, wenn wir Vigor für unschuldig halten. Wir müssen es auch beweisen."
„Die Forseti haben gesagt, dass der Einbruch letzte Nacht stattgefunden hat", überlegte Freddy laut. „Ich habe letzte Nacht gesehen, wie Dr. Mortis nach Hause gekommen ist. Das war kurz vor zwei. Das heißt, wir müssen rausfinden, was er den Rest der Nacht gemacht hat. Vielleicht hat er ja ein Alibi."
„Gute Idee", stimmte Poppy zu. „Ich habe gestern Nacht geschlafen, aber vielleicht haben die anderen was mitbekommen. Wir sollten sie unbedingt fragen. Am besten, wir fangen unten an und arbeiten uns nach oben durch."

KAPITEL 11

FRAU LOHMEYER HÖRT STIMMEN

Frau Lohmeyer quäkte in die Leere ihrer staubigen Dachwohnung hinein: „Hexa, schreibe eine E-Mail an Metti."

„Ich schreibe eine E-Mail an Mutti", antwortete eine Frauenstimme.

„Nein, nein!", kreischte Frau Lohmeyer. „Nicht Mutti! Bist du wahnsinnig? Der fällt es noch ein, hier aufzukreuzen! Als ob ich nicht schon genug Probleme hätte!"

„Nette Mutti, bin wahnsinnig allein. Kannst du hier

aufkreuzen? Ich habe genug Probleme. E-Mail abschicken?"

„Nein!" Frau Lohmeyer war außer sich. Erst hatte sie sich gefreut, dass Freddy ihr eine elektronische Sprachassistentin eingerichtet hatte, mit der sie Brieffreundschaften pflegen konnte. Theoretisch konnte sie sogar Fernschach spielen oder Musik hören, aber nur theoretisch. Praktisch verstand die blöde Kuh immer alles falsch. Da hätte sie genauso gut Bettina Blütenreich bitten können, ihre E-Mails zu verfassen.

„E-Mail versendet", verkündete Hexa aus der kleinen runden Box auf dem Tisch.

„Hol sie zurück!", befahl das Gespenst. „Hexa, hol die E-Mail zurück."

„Ich habe Sie nicht verstanden", säuselte die Stimme. Frau Lohmeyer fühlte sich einer Ohnmacht nahe. Jetzt konnte sie nur noch hoffen, dass ihre Mutter die E-Mail nicht las oder sie im Spamfilter landete. Sie sendete ein Stoßgebet zum Himmel, als es an der Tür klopfte. Das war merkwürdig. Sie bekam doch eigentlich nie Besuch.

Das Gespenst steckte den Kopf durch die Tür und sah den frechen kleinen Jungen aus dem dritten Stock, die dusselige Blumenelfe, das vorlaute Hexenmädchen, die wuseligen Heinzelleute, den einsilbigen Zombie, die muffige Mumie und den brummigen Werwolf im Flur stehen. Was wollten die denn alle hier?
„Wollt ihr mich etwa besuchen?“, fragte Frau Lohmeyer erfreut. „Das ist ja nett. Ich habe allerdings gar nichts anzubieten.“
„Äh, na ja“, sagte Freddy, „eigentlich wollten wir nur fragen, ob Sie Dr. Mortis gestern Nacht gesehen haben. Wir wissen von Rudi, dass er am Abend im Fitnesscenter war.“
„Ja, ich habe ihn gesehen“, sagte das Gespenst.
Die versammelte Mannschaft schien im selben Moment erleichtert auszuatmen.
„Das ist ja wunderbar!“, rief Freddy.
„Er ist um kurz vor Mitternacht aus seiner Wohnung gekommen“, erzählte Frau Lohmeyer eifrig. „Er schlich geradezu hinaus. Als ich ihn fragte, wo er denn hinwolle, erschreckte er sich völlig übertrieben.

Dann tat er ganz geheimnisvoll und wollte mir nichts verraten!"
Freddy und die anderen ließen die Schultern hängen.
„Was ist denn eigentlich los?", fragte das Gespenst.
„Vigor soll im Fitnesscenter ein Amulett gestohlen haben", erklärte Poppy. „Er wurde verhaftet."
„Der schöne Vampir sitzt im Gefängnis?", fragte Frau Lohmeyer mit schriller Stimme. „Und wieso erfahre ich das als Letzte? Anscheinend wird die Wichtigkeit der Leute hier nach ihrer Undurchsichtigkeit bemessen!"
„Wir müssen herausfinden, ob er ein Alibi hat", erklärte Poppy unbeirrt.
„Dit wäre voll jut, wenn wir ihn selba fragen könnten", brummte der Werwolf. „Aba wir wiss'n ja nich, wo sie ihn hinjebracht hab'n."
„Wenn wir herauskriegen würden, wer der wahre Dieb ist", meinte Poppy, „würden wir auch beweisen, dass Vigor unschuldig ist."
„Vielleicht sollten wir uns mal im *Fit-By-Night* umschauen", überlegte Freddy. „Eventuell finden wir dort Hinweise auf den wahren Täter."

„Das ist eine gute Idee“, sagte das Hexenmädchen. „Dann brauchen wir aber ein Wesen der Nacht, das uns Zutritt verschafft.“ Sie sah Wolfgang Wütke auffordernd an.
„Mich krieg'n keene zehn Pferde in dieset Studio“, erklärte er. „Weeßt du, wat da für Trainerinnen rumloofen? Zum Fürchten sind die!“
„Dann brauchen wir eine Untote“, rief Freddy. „Und ich weiß auch schon, wo wir eine finden können.

Jedenfalls wird sie sehr tot aussehen, wenn sie sich die Augen schwarz geschminkt hat!"
Frau Lohmeyers Herz fühlte sich an, als hätte sich ein dicker, fetter Elefant auf ihre Brust gesetzt. Ihr Vigor wurde festgehalten und sie hatte keine Ahnung, wo! Vielleicht in einem feuchten, kalten Kerker bei Wasser und Brot?! Dieser Gedanke war unerträglich.
„Ich werde herauskriegen, wo Vigor ist!", erklärte Frau Lohmeyer bestimmt. „Und dann wird er die ganze Sache mit Sicherheit aufklären."
„Ich helfe dir", flüsterte Bettina Blütenreich mit tränenerstickter Stimme.
„Na, ihr Puppen", sagte Tutti, „da bin ich natürlich mit dabei. Ich kann doch meinen alten Kumpel Vigor nicht im Stich lassen!"
„Toll!", rief Frau Lohmeyer. „Jetzt bin ich schon wieder mit der dusseligen Elfe in einer Gruppe gelandet. Warum passiert das immer nur mir?"
„Ist doch ein prima Plan", sagte Poppy. „Wir spionieren im Fitnesscenter und ihr findet raus, wo Vigor ist. Wolfgang hält hier die Stellung, falls unser allseits geliebter Vampir wiederauftaucht."

„Wir räumen schon mal seine Wohnung auf“, sagte einer der Heinzelmänner. „Dann hat er es schön, wenn er wieder da ist.“
„Guh“, sagte Rudi.
„Is recht“, antwortete Tutti. „Du passt auf die Mülltonnen auf. Das ist auch eine wichtige Aufgabe.“

KAPITEL 12

FLO SOLL UNTOT SEIN

Flo lümmelte in ihrem Sitzsack und dachte nach. Papa hatte ihr die Aufgabe gegeben, sich selbst eine Strafe zu überlegen. Was für eine fiese Idee! Wenn sie etwas zu Lasches vorschlug, würde Papa sagen: „Ich bin sehr enttäuscht von dir, Florentine. Du denkst also wirklich, ein Mal Geschirrspüler ausräumen macht wieder gut, dass du deinem Bruder fast den Kopf rasiert hättest? Da hätte ich mehr Einsicht von dir erwartet."

Aber wenn sie sich nun eine viel zu hohe Strafe ausdachte? Zum Beispiel zwei Monate lang den Geschirrspüler ausräumen, und Papa wäre auch mit einem Monat zufrieden gewesen? Dann würde sie einen Monat zu viel den Geschirrspüler ausräumen! Gab es denn nicht vielleicht eine Hausarbeit, die ihr insgeheim Spaß machte? Oder eine Strafe, die sich schlimm anhörte, es aber gar nicht war? Sie konnte doch zum Beispiel vorschlagen, dass sie ein Jahr lang nicht mehr in den Zoo gehen durfte oder zum Sportunterricht.

Da kam Freddy zur Tür hereingerannt. „Flo, komm mit!", rief er. „Wir müssen Dr. Mortis helfen! Ich erkläre dir alles auf dem Weg!"

„Ich geh nirgendwo mit dir hin", schmollte Flo. „Ich bin immer noch sauer auf dich!"

„Aber Dr. Mortis ist verhaftet worden!", rief Freddy.

„Was?!", rief Flo und setzte sich auf.

„Ja, und jetzt hockt er in irgendeinem Kerker!"

Flo ließ sich zurück in den Sessel fallen und verschränkte stumm die Arme vor der Brust.

„Es tut mir leid, dass ich dich wegen des Tanzes aufgezogen habe, und den Spruch im Klassenchat bereue ich auch", beeilte sich Freddy zu sagen. „Aber jetzt müssen wir Dr. Mortis helfen. Komm schon, Flo!

Er würde alles für uns tun, wenn wir in seiner Lage wären!“

Das stimmte. Aber so einfach wollte Flo Freddy trotzdem nicht davonkommen lassen. „Okay“, sagte sie. „Dann musst du aber ein Video aufnehmen und beteuern, dass alles Lüge war. Das veröffentlichen wir dann.“

„Das machen wir später!“, rief Freddy. „Jetzt müssen wir los!“

„Nein, das machen wir gleich!“ Flo hielt ihrem Bruder das Smartphone vor die Nase. „Los geht's!“ Sie startete die Aufnahme und gab Freddy ein Zeichen.

Der räusperte sich und sprach dann hastig: „Hallo, ich bin Frederick Feyerabend. Ich habe gestern einfach in Flos Namen Quatsch in den Klassenchat geschrieben, weil ich sie ärgern wollte. Sie hat überhaupt nicht mit Luca getanzt. Sie findet ihn nämlich total doof und ...“

Flo machte abwehrende Handbewegungen und schüttelte den Kopf.

„... also jetzt nicht total doof. Aber ein bisschen.“

Flo schüttelte weiter den Kopf.

„Doof ist nicht ganz das richtige Wort. Sie findet ihn ganz normal. Einfach nicht so wichtig. Er ist ihr egal."
Flo verdrehte die Augen und gab Freddy zu verstehen, dass er zum Ende kommen sollte.
„Jedenfalls hat sie auf keinen Fall mit ihm getanzt. Das wäre nämlich superpeinlich. So, das war's. Liebe Grüße, euer Frederick Feyerabend." Freddy grinste dümmlich und winkte.
Flo seufzte. Das war überhaupt nicht das Video, das sie sich vorgestellt hatte. „Das müssen wir noch mal machen", entschied sie.
„Meinetwegen", stöhnte Freddy. „Aber später. Dr. Mortis braucht uns jetzt!" Er ging zu Flos Schminksachen rüber und reichte ihr den schwarzen Eyeliner. „Du musst tot aussehen, und zwar zackig."
Flo nahm ihm genervt den Stift ab und malte sich dicke schwarze Augenringe. „Ich muss mir aber auch noch eine Strafe für mich ausdenken", wandte Flo ein. „Sonst lässt Papa uns nicht gehen."
„Lass dir schnell was einfallen", drängelte Freddy. „Zum Beispiel, dass du für den Rest deines Lebens mein Zimmer aufräumst."

„Als ob", sagte Flo. „Ich habe eine bessere Idee." Sie kletterte durch den Schrank. Freddy folgte ihr.
Sie fanden ihren Papa in der Küche. Er saß am Tisch und tippte mit dem Fuß Fridas Wippe an. Die kleine Maus schlief friedlich und Papa nutzte die Ruhe und las eine Musikzeitschrift.
„Ich habe mich für eine Strafe entschieden", sagte Flo. „Da ich Freddy schaden wollte, werde ich in den drei Wochen bis zu unserem Urlaub jeden Tag etwas mit ihm unternehmen. Wir gehen gemeinsam in den Zoo und ins Freibad und jetzt gehen wir noch eine Runde … äh …"
„… joggen", half Freddy aus.
„Ihr geht laufen?" Papa schaute überrascht von seiner Zeitschrift auf. „Okay. Kommt aber nicht zu spät nach Hause. Viel Spaß!"
Flo verdrehte die Augen und Freddy grinste. Ja, sie würde viel Spaß haben.

KAPITEL 13

FREDDY TANZT ZUMBA

Freddy sprang über eine der großen Pfützen, die das Gewitter hinterlassen hatte, und prallte mit voller Wucht gegen Poppy, die plötzlich stehen geblieben war.

Freddy sah sich erstaunt um. Sie standen vor einer schmucklosen grauen Eisentür, die zwischen einen Dönerladen und einen Friseursalon gequetscht war wie ein Würstchen zwischen zwei Brötchenhälften.

Hinter ihnen sausten die Autos über die nasse Sonnenallee, dass es nur so spritzte.

Auf der anderen Straßenseite gab es einen Thai-Imbiss und eine Nussrösterei, aus der es unwiderstehlich duftete. Daneben befand sich ein Autoschildergeschäft wie das von Herrn Wütke, mit einer Überwachungskamera und greller Neonschrift über der Tür.

„Poppy, bist du dir sicher, dass es hier ist?“, fragte Freddy. „Es steht gar nichts dran.“

„Na, wir wollen ja auch nicht, dass Horden sportbesessener Menschen uns die Bude einrennen“, erklärte Poppy. Sie zog einen unscheinbaren Anhänger aus ihrer Rocktasche und drückte ihn auf eine Box neben der Tür.

Der Anhänger leuchtete einmal kurz in allen Farben des Regenbogens auf. Dann erklang der Summer und die Tür öffnete sich automatisch.

„Cool! Eine Tür, die sich von selber öffnet“, sagte das Hexenmädchen und ging voraus. „So was brauche ich auch!“

„Zauberei“, sagte Flo und verdrehte die schwarz umrandeten Augen.

Freddy betrat zögernd das von Fackeln erleuchtete Treppenhaus und folgte Poppy die Stufen hinauf in den ersten Stock. Hinter einem Tresen, auf dem eine

Slushy-Maschine eine blutrote Flüssigkeit wälzte, schwebte eine halb durchsichtige, muskelbepackte Gestalt in Sportbekleidung.

„Meine Freunde hier wollen einen Probetag", sprach Flo den Gespensterjungen an. Sie sah mit ihrem geschminkten Gesicht wieder wie die perfekte Untote aus.

„Na, so was." Der Typ schaute überrascht zu Freddy. „Halblinge sehen wir aber nicht oft hier. Ich dachte, ihr habt was gegen Sport."

„Was ist denn heute im Angebot?", fragte Poppy dazwischen.

„Der Zumba-Kurs fängt in zehn Minuten an", sagte das Gespenst eilfertig. „Oder ich könnte euch die Geräte zeigen."

Freddy spähte um die Ecke. Ein paar riesige Kronleuchter erhellten den fensterlosen Raum und tauchten alles in ein gespenstisches Licht. An den Wänden waren mehrere Bildschirme angebracht, auf denen ein Wahlwerbespot von diesem fiesen Draculus lief.

Noch fieser als Draculus sahen allerdings die

Sportgeräte aus. Das waren mittelalterliche Folterinstrumente! Gerade wurde ein Zombie auf einer Streckbank in die Länge gezogen. Er stöhnte wohlig.

Freddy schauderte. „Zumba klingt super“, sagte er hastig. Er hatte zwar keine Ahnung, was das war, aber diese Geräte wollte er auf keinen Fall ausprobieren.

„Der Kurs findet da drüben statt.“ Der Gespensterjunge zeigte auf einen Raum hinter einer großen Glaswand, in dem sich Turnmatten, riesige Gummibälle und Steppbretter stapelten.

„Danke“, sagte Freddy. „Aber bevor wir uns für eine Mitgliedschaft entscheiden, wüsste ich gern, ob es hier wirklich sicher ist.“

„Genau“, bekräftigte Flo. „Wir haben gehört, dass hier gestern Nacht eingebrochen worden ist.“

„Das war gar nicht während der Öffnungszeiten, sondern in der Mitternachtspause“, erklärte das Gespenst. „Um Punkt null Uhr schließen wir für eine halbe Stunde, damit alle, die hier arbeiten, etwas essen gehen können. Ich kann ja nichts essen und habe mir deswegen auch nichts geholt.“

„Haben Sie nicht?", rief Freddy aufgeregt. „Haben Sie dann vielleicht den Dieb gesehen?"

„Nun", hauchte das Gespenst und schaute nach links und rechts, als wollte es sichergehen, dass sie auch niemand belauschte. „Tatsächlich habe ich den Dieb gesehen. Aber nur von hinten. Er war hochgewachsen, trug einen schwarzen Umhang und hatte zurückgegelte Haare. Es war auf jeden Fall ein Vampir. Ich bin ihm noch hinterhergeflogen. Aber er war so schnell zur Tür raus, dass ich sein Gesicht nicht sehen konnte."

„Die Beschreibung klingt verdammt nach Dr. Mortis", flüsterte Flo.

„Die Beschreibung klingt nach jedem x-beliebigen Vampir", entgegnete Freddy.

„Auf jeden Fall müssen Sie sich keine Sorgen um Ihre Wertsachen machen", sagte der Gespensterjunge. „Es wurde nichts aus den Garderoben gestohlen, nur ein Amulett aus der Trophäenvitrine. Die kostbaren Sportpreise sind jetzt nach Schloss Minckwitz gebracht worden."

„Wo steht denn diese Vitrine?", fragte Poppy.

Der Gespensterjunge zeigte auf einen Glasschrank im hinteren Teil des Studios.
Freddy, Flo und Poppy gingen hinüber und begutachteten den leer geräumten Kasten. Freddy umrundete ihn und stolperte dabei über einen neongrünen Smoothiebecher. „Ist das nicht der Becher von Dr. Mortis?“, fragte er.
„Sieht ganz so aus“, bestätigte Flo.
„Es gibt immer mehr Hinweise, die gegen ihn sprechen“, jammerte Poppy. „Vielleicht hat er es ja doch getan. Ich könnte ihn verstehen …“
„Ich glaube das einfach nicht“, erwiderte Freddy. „Und außerdem wussten wir doch schon, dass Vigor hier war. Er könnte seinen Becher einfach nach dem Training vergessen haben.“

„Steck ihn auf jeden Fall mal ein“, raunte Flo. „Er könnte sonst gegen ihn verwendet werden.“
„Hallo, ihr Süßen“, säuselte eine raue Stimme hinter ihnen. Eine Hand legte sich auf Freddys Schulter. „Ihr habt Lust auf Zumba, hab ich gehört. Dann mal los.“
Freddy und Flo wurden sanft, aber bestimmt in den Raum hinter der Glasscheibe geschoben.
Ihre Trainerin, eine schöne Frau mit blonden, welligen Haaren und engelsgleichen Flügeln, schaltete die Musik ein. Dann fing sie an zu singen und zu tanzen. Das Lied ging Freddy durch und durch. Er begann, sich hin und her zu bewegen, und er war nicht allein. Auch Flo tanzte mit. Immer mehr Gestalten, eine gruseliger als die andere, wurden von dem Gesang ihrer geflügelten Trainerin angezogen und kamen zu ihnen herein. Schließlich tanzten Vampire neben Zombies und Trolle neben Werwölfen.
Normalerweise wären Freddy die Hüftschwünge und das ganze Gewackel peinlich gewesen, aber er konnte einfach nicht aufhören, die Schritte und Hopser nachzumachen, die ihm vorgetanzt wurden. Er schwitzte wie verrückt. Sein Herz pochte. Seine

Muskeln brannten. Seine zu großen Füße machten das Tanzen beschwerlich. Wie gern hätte Freddy Pause gemacht, aber er konnte nicht!
Er warf einen Blick zu Flo hinüber. Seine große Schwester hatte einen puterroten Kopf. Der Schweiß lief ihr über Stirn und Nacken. Sie schien auch nicht aufhören zu können. Hoffentlich würde ihre Schminke nicht zerlaufen.
Mit einem Mal wurde der Gesang dumpfer. Jemand hatte Freddy etwas Weiches in die Ohren gestopft. Endlich schaffte er es, stehen zu bleiben, und schaute sich verwundert um. Freddy erblickte Poppy, die Flo gerade einen Regenwurm ins Ohr schob. Er hoffte inständig, dass in seinen Ohren etwas weniger Widerliches steckte. Vielleicht Marshmallows oder Gummibärchen. Plötzlich schien es Freddy, als würde in seinem Ohr jemand *Let it go* singen.
Das Hexenmädchen nahm Freddy und Flo bei der Hand, zerrte sie nach draußen und bis ans andere Ende des Studios. Freddy popelte das weiche Etwas aus seinen Ohren heraus. Es waren tatsächlich Würmer!

„Meine Güte, Poppy!", rief er angeekelt. „Konntest du nicht irgendetwas anderes finden, um unsere Ohren zu verschließen?"
Poppy schaute in ihre bunte Flickentasche, in der sie immer alle möglichen Dinge für den Notfall herumschleppte. „Das sind Ohrwürmer", entschuldigte sich Poppy schulterzuckend. „Die helfen nun mal am besten gegen Sirenen. Sogar noch besser als Trollpopel."
Von diesen griechischen Fabelwesen hatte Freddy schon gehört. Sirenen konnten wunderschön singen und Seefahrer damit in die Falle locken. Wenn er sich richtig erinnerte, hatte sich so ein Typ namens Odysseus sogar an den Mast seines Schiffes binden lassen, damit er dem Gesang der Sirenen nicht erlag. Alle anderen Seeleute hatten sich Wachs in die Ohren gestopft. Wären sie dem Ruf der Sirenen auf die Insel gefolgt, wären sie alle verloren gewesen. Aber musste ihm Poppy deswegen gleich Würmer in die Ohren stecken?
„Finger, Poppy!", rief Freddy. „Wie wäre es einfach mit Fingern gewesen?"

„Lasst uns bitte schnell hier abhauen!“, rief Flo. „Dieses ganze Fitnesscenter ist mir total unheimlich.“

„Ganz deiner Meinung“, entschied Freddy. „Zumba ist eindeutig nichts für Halblinge!“

KAPITEL 14

FLO KRIEGT EINEN KOLLER

Flo wünschte sich nichts sehnlicher als eine Ohrenspülung. Auch wenn sie die Würmer in einem Stück hatte herausziehen können, wurde sie das Gefühl nicht los, immer noch kleine Wurmstückchen im Ohr zu haben. Sie schüttelte sich.

Und dann hatte sie auch noch ausgerechnet einen Ohrwurm erwischt, der ihr den Titelsong von Paw Patrol eingepflanzt hatte. *„Kein Einsatz zu groß, keine Pfote zu klein, Paw Patrol fällt stets was ein"*, wummerte es durch ihren Kopf. Flo stöhnte und hielt sich die Ohren zu. Sie würde nie wieder in ein Fitnesscenter gehen und überhaupt auch nie wieder Sport machen, außer vielleicht Judo.

„Alles okay?“, fragte Freddy, als sie wieder draußen auf der Straße standen.

„Ja, lass mich“, zischte Flo. „Ich hasse einfach überengagierte kleine Welpen.“

„Hä?!“

„Diese ganze Aktion hier war total sinnlos“, maulte Flo. „Wir haben überhaupt nichts herausgefunden. Und dafür kriegen wir jetzt wieder Ärger mit Papa und Ulrike.“ Flo hielt ihr Handy hoch. „Es ist schon halb zehn!“

„Immerhin wissen wir jetzt, dass der Einbruch kurz nach Mitternacht stattgefunden hat“, erinnerte sie Poppy.

„Wow“, sagte Flo. „Das hilft uns ja voll weiter … not!“

Freddy zeigte zur anderen Straßenseite hinüber. „Bei dem Autoschildergeschäft da drüben gibt es eine Überwachungskamera. Vielleicht hat die den Dieb aufgezeichnet.“

„Super Idee!“, rief Poppy und lief über die Straße. Freddy rannte hinterher.
Flo war vollkommen unklar, warum man als kleiner Junge bei der Fortbewegung nur zwei Geschwindigkeiten zur Verfügung hatte: entweder Rennen oder Schneckentempo. Man konnte doch auch ganz normal laufen oder einfach schnellen Schrittes gehen.
Als Flo bei der kleinen Nervensäge und dem Hexenmädchen ankam, diskutierten die schon mit dem Besitzer des Ladens.
„Bitte“, flehte Freddy. „Können Sie uns nicht die Aufnahmen von gestern Nacht zeigen?“
„Erstens hab ick eigentlich jar nich mehr uf“, knurrte der Typ im Karohemd, „und zweitens weeß ick doch jar nich, wer ihr Steppkes seid!“
„Witzig“, sagte Flo. „Sie klingen genau wie Herr Wütke.“
„Ihr kennt den Wolle?“, fragte er zurück. „Wolle Wütke aus der Jüterboger?“
„Aber sicher“, sagte Flo. „Wir sind dicke Freunde.“
„Dit glob ick erst, wenn ick dit sehe.“

Flo zückte ihr Smartphone und wählte die Nummer von Wolfgang Wütke.
„Wer stört?“, bellte eine unfreundliche Stimme am anderen Ende.
„Guten Abend, Herr Wütke“, sagte Flo. „Wir sind gerade bei Ihrem Freund …?“ Flo sah den Ladenbesitzer fragend an.
„Karl“, murrte der. „Karl Koller.“
„Karl Koller“, wiederholte Flo. „Und wir wollten Sie fragen …“
„Dit is so leise“, knurrte Wolfgang Wütke und Flo hörte, wie er auf verschiedenen Knöpfen herumdrückte, die alle Piepsgeräusche machten.
Mit einem Mal tauchte das pelzige Ohr des Werwolfs auf ihrem Display auf. Herr Wütke hatte wohl versehentlich auf Video umgeschaltet.
„Herr Wütke!“, rief Freddy, der sich dazwischendrängelte. „Halten Sie mal das Handy vor Ihr Gesicht.“
Eine große Knubbelnase rückte in ihr Sichtfeld.
„Sehr gut“, lobte Freddy. „Und jetzt passen Sie mal auf: Wir sind gerade bei Ihrem Kumpel Herrn Koller.

Der hat nämlich eine Kamera vor seinem Laden, die genau auf den Eingang vom Fitnesscenter zeigt. Vielleicht hat die was Wichtiges aufgezeichnet!"
Freddy riss Flo das Handy aus der Hand und schwenkte es erst hoch zur Kamera und dann rüber zu Karl Koller.
„Mir wird gleich schlecht", würgte Herr Wütke. „Kannst du dit Handy mal nich so schnell rumwirbeln?"
„Hey, Wolle." Karl Koller hob grüßend die Hand.
„Mensch, Kalle, altet Haus!", rief Herr Wütke. „Wie jeht's, wie steht's?"
„Muss", antwortete Kalle knapp.
„Pass uf, meen Juter. Die Jören hier, also ick meene, meine Freunde, würdn jerne wissen, ob du wat von dem Einbruch jestern Nacht im Fitnesscenter mitjekricht hast."
„Nee", sagte Karl Koller. „Aba kommt ma alle mit rin. Dann kann ick euch die Ufnahmen zeigen."
Flo, Freddy und Poppy folgten Wolfgangs Kumpel ins Geschäft. Flo wechselte von der Front- auf die Rückkamera, damit Wolfgang live dabei sein konnte,

wenn sie sich die Aufnahmen aus der Überwachungskamera ansahen.
„Mensch, Kollege!", plärrte da der Werwolf aus dem Handy. „Davon hast du ja nüscht erzählt! Seh ick dit richtich? Is dit die hydraulische Silent Fuffzich?!"
„Isse", erklärte sein Kumpel. „Ick muss jestehen, die is schon echt 'n Hammer."
„Dit neuste Modell uf'm Markt, oder?", fragte Wolfgang. „Erzähl!"
„Die arbeitet mit zwei Hochdruckzylindern", lobte Karl. „Und wartungsfreier Zahnradpumpe."
Flo verstand nur Bahnhof. Aber Erwachsene redeten ja oft völlig wirres, unverständliches Zeug. Vielleicht sollte sie einfach mal irgendwelche erfundenen Worte ins Gespräch einwerfen. „Ich mag ja am liebsten die XY20", sagte Flo. „Die mit den Gummibärchen an der Schaumspritze." Leider ließen sich die beiden davon gar nicht beeindrucken.
„Mit jeeigneten Klotzwerkzeugen kann ick sogar zweizeilige Kennzeichen in einem Vorgang komplett fertich präg'n und dit allet supaleise", beendete Karl Koller seine Lobrede.

Freddy begann, ungeduldig neben der Maschine rumzuhippeln. Flo kannte das sehr gut. Das machte er, wenn er entweder auf Toilette musste oder ihn etwas langweilte.
„Ick globe, der Junge muss uf Klo“, sagte jetzt Karl Koller, der sich anscheinend nicht vorstellen konnte, dass jemand sein Gespräch über die hydraulische Silent 50 nicht so spannend fand.
„Eigentlich sind wir ja hier“, sagte Flo, „weil wir uns die Aufnahmen anschauen wollten.“
„Stimmt“, brummte Karl. Er ging zu seinem Computer rüber und klickte auf der Tastatur herum. Auf einem klobigen, alten Röhrenbildschirm erschien ein grobes Schwarz-Weiß-Bild, das die Sonnenallee zeigte. Hin und wieder sah man ein Auto vorbeifahren.
„Da im Hintergrund ist die Tür zum Fitnesscenter zu erkennen“, sagte Flo und zeigte auf die obere rechte Ecke des Bildschirms. „Und hier kann man die Zeit ablesen. Können Sie uns die Aufnahmen ab Mitternacht im Schnelldurchlauf zeigen?“
Karl Koller ließ die Aufnahme loslaufen.

„Da bewegt sich was!“, rief Freddy nach einer Weile. „Die Tür öffnet sich!“
„Ick seh aba nüscht“, sagte Wolfgang Wütke, der immer noch am Handy mit dabei war. „Wer hat die denn ufjemacht?“
„Anscheinend jemand, der nicht gefilmt werden kann.“ Flo seufzte. „Zum Beispiel ein Vampir. Vielleicht hat doch Dr. Mortis das Amulett gestohlen, um Draculus unschädlich zu machen.“
„Die Aufnahme beweist gar nichts!“, rief Freddy. „Es könnte auch irgendein anderer Vampir gewesen sein!“
„Entweder Dr. Mortis hat den Diebstahl doch begangen“, sagte Flo, „oder jemand hat ihn reingelegt und ihm das Amulett untergejubelt.“
„Lasst uns noch mal rübergehen und nachsehen, ob wir im Eingangsbereich irgendwelche Spuren entdecken können“, schlug Freddy vor und rannte aus dem Laden.

KAPITEL 15

BETTINA HAUT ES UM

Bettina Blütenreich stolperte hinter Tutti und Frau Lohmeyer die Skalitzer Straße entlang. Sie hüpfte über einen kleinen Hundehaufen und umrundete eine Pfütze, in der sich das Schaufenster eines Eisladens bunt spiegelte. Als sie zu der Mumie aufgeschlossen hatte, keuchte sie: „Ich verstehe immer noch nicht, wo wir hinwollen."

„Wir gehen zu Isabella", erklärte Tutti, der wieder seinen Trenchcoat trug. „Als Oberhexe werden ihr doch Gefangene normalerweise zuerst vorgeführt."

„Glaubst du, er ist noch da?", fragte Bettina. „Glaubst du, wir können ihn gleich mitnehmen?"

„Nee, Puppe“, erwiderte Tutti und stakste weiter.
Die Blumenelfe eilte hinterher, als ein Hilferuf sie ablenkte. Im Laufen schaute sie sich um und entdeckte eine orange schimmernde Kapuzinerkresse, die von einer Taube angepickt wurde. Bettina wollte eben ihren Schritt verlangsamen und der Kresse helfen, als sie etwas Hartes am Kopf traf. Ihr wurde schwarz vor Augen. Sie spürte, wie sie zu Boden ging und mit dem Hinterkopf auf das Pflaster schlug.
Eine Stimme meldete sich aus der Dunkelheit. „Hey, Elfe. Was geht? Bist du okay?“
Die schwarze Wolke vor ihren Augen lichtete sich und sie sah Tutti, der sich über sie beugte. Hinter ihm schwebte die im Gegenlicht fast durchsichtige Frau Lohmeyer. Bettina setzte sich auf. Alles drehte sich.
„Ich fasse es nicht, dass sie gegen eine Laterne rennt! Jetzt kann sie nicht einmal mehr geradeaus laufen! Du meine Güte!“, klagte das Gespenst.
Die Blumenelfe spürte in sich hinein. Der Schmerz verflog und irgendwie hatte sie das Gefühl, als hätte sich in ihrem Gehirn etwas verschoben. Als wäre etwas eingerastet, das vorher verhakt gewesen war.

„Mir geht es gut“, sagte Bettina und erhob sich. „Dann können wir wohl endlich weiter“, sagte Frau Lohmeyer und schwebte voran.

„Isabella wohnt im linken Turm der Oberbaumbrücke“, erklärte Tutti.

„Wusstest du, dass dort früher ein Holzsteg den Schiffen den Weg versperrte?“, fragte Bettina. „Dadurch konnten die Zölle eingetrieben werden. Es gab nur eine

schmale Durchfahrt, die nachts mit einem sogenannten Baum geschlossen wurde. Im Westen der Stadt gab es einen Unterbaum und hier im Osten einen Oberbaum. Daher hat die Oberbaumbrücke ihren Namen."

Tutti legte ihr seine verbundene Hand auf die Stirn. „Hm", machte er. „Fieber hast du nicht. Aber ganz normal kommst du mir auch nicht vor."

Die beiden folgten Frau Lohmeyer auf die Brücke bis zum zweiten Turm. In seinem Inneren schlängelte sich eine schmale Wendeltreppe hinauf. „Seid ihr euch sicher, dass Isabella hier wohnt?", quäkte das Gespenst. „Der Turm ist doch ziemlich klein. Da oben kann ja nicht viel mehr als ein Zimmerchen sein."

„Du wirst dich wundern", sagte Bettina lächelnd und stieg die Stufen empor. Als die drei vor einer Holztür zum Stehen kamen, klopfte Tutti an und die Tür öffnete sich lautlos.

Sie betraten zögernd das Turmzimmer. Wobei „Zimmer" eigentlich das falsche Wort war. „Halle" traf es eher. Der Raum war viel größer, als der Turm von

außen vermuten ließ. Hier musste irgendein Zauber am Werk sein.
Die Wände und der Boden waren mit bunten Mosaiken verziert. In der Mitte sprudelte Wasser in einem sternförmigen Becken. An drei Seiten bildeten reich verzierte Säulen einen Wandelgang. An der vierten Wand befand sich eine gemütliche Sitzecke in einem Pavillon aus hellem Holz. Dort saß Isabella.
„Was führt euch zu mir?“, fragte die Oberhexe und erhob sich. „Wenn hier eine Elfe mit einem Gespenst und einer Mumie im Schlepptau vorbeikommt, ist doch irgendetwas schiefgegangen, nicht wahr?“
„Mein Vigor wurde verhaftet!“, quäkte Frau Lohmeyer. „Er hat aber gar nichts getan! Und wenn doch, dann tut es ihm leid!“
„Er ist kein Dieb!“, bekräftigte Bettina. „Er würde niemals etwas stehlen.“
„Das kann ich so nicht bestätigen“, sagte Isabella bedauernd. „Das Amulett der grausamen Casandra wurde bei ihm gefunden. Er hat für den Tatzeitpunkt kein Alibi und er hat ein Motiv. Es gibt sogar einen Augenzeugen, der ihn erkannt haben will. Es tut mir

leid, aber er wird bis zum Gerichtstermin im Kerker von Draculus bleiben müssen."

„Bei Draculus?", fragte Tutti.

„Nun, als Vampirlord gehört es zu den Aufgaben von Draculus, straffällig gewordene Clanmitglieder festzusetzen", erklärte Isabella.

„Aber es gibt doch gar keine eindeutigen Beweise gegen Vigor!", empörte sich Bettina. „Sie können doch niemanden auf Verdacht einsperren!"

„Wann ist denn dieser Gerichtstermin?", fragte Frau Lohmeyer.

„In einer Woche", gab Isabella zurück.

„Aber die Wahl ist doch schon morgen Abend!", rief Bettina erschrocken.

„Ja, nach Sonnenuntergang in der Hasenheide", bestätigte die Oberhexe. „Es tut mir leid. Falls euer Freund doch nicht verurteilt wird, kann er es ja in sieben Jahren wieder versuchen."

„Können wir nicht irgendetwas tun?", quäkte Frau Lohmeyer. „Wenn wir zum Beispiel beweisen könnten, dass er es nicht gewesen ist ..."

„Darum kümmern sich Draculus und die Forseti",

sagte Isabella. „Sie haben Dr. Mortis verhaftet, weil das Amulett bei ihm gefunden wurde. Aber sie gehen natürlich auch noch allen anderen Spuren nach."
„Na klar", höhnte Tutti. „Draculus ist bestimmt ganz scharf darauf, seinen Gegner wieder auf freien Fuß zu setzen."
Bettina konnte es nicht fassen. Sollte denn ihr ganzes Schicksal ausgerechnet von Draculus abhängen? Der würde Vigor ganz sicher nicht helfen. Für ihn war es doch ein Glücksfall, dass ihr Verlobter kurz vor der Wahl verhaftet worden war!
„Wir müssen zurück zu den anderen!", drängte Frau Lohmeyer.
„Ja", stimmte Bettina ihr zu. „Vielleicht haben die schon was rausgefunden!"
„Lasst uns beim Fitnesscenter vorbeischauen", schlug Tutti vor. „Vielleicht sind sie ja noch da."

KAPITEL 16

FREDDY FINDET SPUREN

Freddy ging vor der Eingangstür des *Fit-By-Night* in die Knie und suchte den Boden ab.

„Was genau gedenkst du denn zu finden?", fragte Poppy. „Glaubst du, der geheimnisvolle Unbekannte hat hier seine Visitenkarte liegen lassen?"

„Bestimmt nicht", gab Freddy zurück. „Aber vielleicht etwas anderes."

„Na, Mister Holmes", höhnte Flo, „soll ich dir deine Lupe reichen?"

„Sehr witzig!", sagte Freddy genervt.

„Was guckst du denn?", quäkte ihm eine andere Stimme ins Ohr.

Freddy fuhr hoch und sah auf einmal alles verschwommen.
Flo prustete los.
„Freddy, Alter!“, rief da Tutti, der mit Bettina im Schlepptau auf die Gruppe zugelaufen kam. „Dein Kopf steckt in dem Gespenst!“
Frau Lohmeyer kreischte los. „Nimm ihn raus!“ Sie flog panisch auf und Freddy konnte wieder klar sehen.
„Vielleicht trampelt ihr mal hier nicht alle auf meinen Spuren rum!“, motzte er.
„Welche Spuren denn?“, maulte Frau Lohmeyer.
„Die hier, zum Beispiel“, erwiderte Freddy und hob

ein glibberiges schwarzes Etwas in die Höhe. Freddy führte es an seine empfindliche Halblingsnase und schnüffelte daran. Flo neben ihm machte Würgegeräusche. „Das riecht nach Lakritze“, sagte er und betrachtete seinen Fund von allen Seiten. „Ich glaube, das ist ein Lakritzvampir.“

„In Lakritze ist ja Blut drin, hab ich gehört“, sagte Flo.

„Das ist doch Aberglaube“, winkte Poppy ab.

„Nein, in dieser Lakritze ist wirklich Blut drin“, sagte Freddy und schmiss den schwarzen Glibberknubbel angewidert weg. „Als Halbling kann ich das riechen.“

„Lakritz wird nicht aus Blut hergestellt, sondern aus dem Extrakt der Süßholzwurzel“, mischte sich Bettina ein. „Dieser Extrakt ist fünfzig Mal süßer als weißer Zucker. Süßholz stammt ursprünglich aus dem Fernen Osten, aber sogar die alten Ägypter kannten es schon.“

Freddy stutzte. Seit wann war Bettina denn ein wandelndes Lexikon? „Geht es dir gut, Bettina?“

„Natürlich“, gab sie zur Antwort. „Tatsächlich sollen sogar im Grab von Tutti schon Süßholzwurzeln gefunden worden sein.“

„Auf jeden!“, rief der Mumienjunge. „Lakritze war doch meine Lieblingssüßigkeit!“

„Ihr hattet schon Lakritze? Ist ja cool!“, rief Freddy.

„Die alten Ägypter hatten auch schon Papier, Zahnpasta und Bowling“, fuhr Bettina fort.

„Dürfte ich das vielleicht selbst erzählen?“, beschwerte sich Tutti. „So als alter Ägypter?“

„Was ist denn mit Bettina passiert?“, wunderte sich Flo. „Sie kommt mir irgendwie schlauer vor.“

„Ist gegen eine Laterne gerannt“, stöhnte Frau Lohmeyer. „Seitdem hört sie nicht mehr auf zu quasseln.“

„Siehst du“, sagte Flo. „Es hilft eben doch, wenn ich dir hin und wieder einen Klaps auf den Hinterkopf gebe.“

„Kann dein schlauer Kopf mir dann erklären, wo dieser Lakritzvampir herkommt?“, fragte Freddy Bettina.

„Draculus hat bei unserem ersten Zusammentreffen im Botanischen Garten

Lakritzvampire gegessen", erinnerte sich Bettina nun wieder.

„Stimmt! Bei der Wahlkampfveranstaltung auf dem Tempelhofer Feld auch!", fiel Freddy jetzt ein. Er betrachtete den schwarzen Glibberknubbel auf dem Boden. „Dann war Draculus vielleicht auch hier und hat das Amulett gestohlen. Bei dem müsste man sich mal umsehen!"

„Keine schlechte Idee", fand Tutti. „Zumal Vigor auch bei ihm im Kerker einsitzt!"

„Was?!" In Freddys Kopf wirbelten die Gedanken durcheinander. Dr. Mortis saß bei Draculus im Kerker? Bei seinem Widersacher? Das konnte doch kein Zufall sein! „Wir müssen sofort eine Hausversammlung einberufen und einen Plan machen!", rief er aufgeregt.

„Bist du irre?", fragte Flo. „Weißt du, wie spät es ist? Wir müssen sofort nach Hause."

„Dann warten wir eben, bis Papa und Ulrike eingeschlafen sind, und schleichen uns noch mal raus", beschloss Freddy.

KAPITEL 17

POPPY SCHMIEDET PLÄNE

„Wir glauben, dass Draculus das Amulett gestohlen hat“, sagte Poppy zu den Hausbewohnern, die sich in der Gruft versammelt hatten. „Die Gruft“ nannten sie das geheime Gewölbe unter dem Keller des Hauses. „Und dann hat Draculus das Amulett bei Dr. Mortis versteckt, um ihm was anzuhängen. Damit hat er seinen stärksten Konkurrenten bei der Wahl zum Hohen Rat aus dem Weg geschafft.“

„Leider haben wir nichts in der Hand, um Dr. Mortis’ Unschuld zu beweisen“, sagte Freddy.

„Und die Wahl findet schon morgen Abend statt!“, ergänzte Flo.

„Wir müssen Vigor befreien!“, rief Poppy. „Und er muss uns helfen, die Wahrheit ans Licht zu bringen! Er kennt Draculus am besten von uns allen und hat vielleicht eine Idee, wie wir ihn überführen können.“

„Du hast recht, Poppy!“, rief Freddy. „Wir dürfen Dr. Mortis nicht im Kerker versauern lassen.“

„Blöd nur, dass wir nicht wissen, wo dieser Kerker ist“, seufzte Tutti.

„Dit stimmt so nich“, murmelte Wolfgang Wütke.

Alle verstummten und schauten auf den Werwolf.

„Was soll das denn heißen?“, fragte Poppy.

„Ick war da mal zu Besuch“, murmelte der Werwolf kleinlaut. „Jedenfalls wenn Besuch bedeutet, dat man nich freiwillich irgendwo hinjeht und och nich entscheiden darf, wann man wieda nach Hause kann.“

„So ist das bei jedem Besuch bei Großtante Edeltraud“, stöhnte Flo.

„Ich dachte, der Kerker bei Draculus ist nur für Vampire?“, warf Tutti ein.

„Ja, normalerweise schon, aber der Werwolfknast war voll. War rund um Vollmond. Da jehen viele von uns uf'm Zahnfleisch.“

„Aber was hast du denn bloß gemacht?“, fragte Poppy.
„Dit wa nich meine Schuld!“, verteidigte sich Wolfgang Wütke. „Ick konnte nüscht dafür! Der Kalle hat mir so jeärgert, dat ick ihn einfach vermöbeln musste.“
„Ich dachte, ihr seid Freunde“, wunderte sich Flo.
„Ja, natürlich“, bestätigte der Werwolf. „Die allerbesten!“
„Und wie lange waren Sie eingesperrt?“, fragte Freddy.
„Na, bis ick mir wieda beruhigt hatte.“ Der Werwolf kratzte sich an der großen Knubbelnase. „Also etwa zwei Wochen.“
Poppy schlug sich an die Stirn. Wie konnte man sich denn so aufregen, dass man sich mit seinem besten Freund prügelte und sich vierzehn Tage nicht mehr einkriegte? Andererseits war sie total glücklich darüber, dass Wolfgang anscheinend unbezahlbares Insiderwissen über den Kerker hatte. „Und wo ist dieses Gefängnis nun?“, fragte sie.
„In Finsterwalde“, antwortete der Werwolf. „Draculus jehört dem alten Adelsjeschlecht von Minckwitz an. Denen hat dit Schloss Minckwitz früha jehört. Jetzte

jehört dit der Stadt. Aba unter dem Schloss jibt dit noch die jeheimen Kerker der mittelalterlichen Burganlage, die da mal jestanden hatte."
„Ist doch prima", sagte Freddy und warf sich eine Handvoll von den Kellerasselchips in den Mund, die Poppy mitgebracht hatte. Freddy kaute zufrieden. „Dann fahren wir einfach da hin und hauen Mortis raus."
„Hältst du es für eine gute Idee, Poppys Snacks so bedenkenlos in dich reinzuschaufeln?", fragte Flo.
„Ist supercrunchy", nuschelte Freddy. „Und ich hab doch immer so Hunger, seit ich ein Halbling bin. Was ist das denn, Poppy?"
„Magst du eigentlich Insekten?", fragte das Hexenmädchen. „Falls nicht, verrate ich es dir besser nicht."
Freddy spuckte die Chips auf den Tisch. Tutti bekam einen Lachanfall. Er zeigte auf Freddy und hielt sich prustend den Bauch. „Du hast Käfer gegessen, Alter!", lachte er. „Ich krieg mich nicht mehr ein."
Poppy reichte Freddy eine Flasche Trollspuckelimo aus ihrem Picknickkorb. Freddy stürzte die Limo

hastig hinunter. Mit dem letzten Schluck gurgelte er und spülte sich geräuschvoll den Mund aus. Poppy sollte ihm wohl besser nicht verraten, was die Hauptzutat des grünen Getränks war.
„Hicks“, machte Freddy und seine großen, spitzen Ohren schrumpften zu gewöhnlichen Menschenohren. „Hicks“, machte er noch einmal und hatte plötzlich wieder ganz normale Augenbrauen. Durch die Trollspuckelimo verwandelte sich Freddy von einem Halbling zurück in einen Menschen!
Natürlich!, dachte Poppy. Da hätte sie auch schon mal vorher drauf kommen können! Trollspucke wirkte doch antimagisch!
„Wow!“, rief Freddy und schaute auf seine haarlosen Hände. „Ich bin wieder ich! Endlich!“
„So einfach is dit nich mit Vigors Befreiung“, gab Wolfgang Wütke zu bedenken. „Da wuseln jede Menge Vampire rum und ick globe, dit jibt och irgendwelche Fallen.“
„Dann müssen wir halt tagsüber hin“, schlug Flo vor. „Da schlafen die Vampire doch.“
„Täusch dich da mal nich“, widersprach der Werwolf.

„Unten im Kerka is dit ja dunkel. Da schieben die Wachen auch Tagschicht."
„Die Vampire tricksen wir mit einem Zauber aus!" Poppy versuchte, möglichst zuversichtlich zu klingen. „Wir können uns Tarnkappen basteln und aufsetzen. Dann sehen uns die Vampire nicht. Dazu brauchen wir allerdings jede Menge Fledermauswolle." Poppy nahm ihr Tablet aus der Tasche und suchte bei styx-shop.de. „Es gibt welche online, aber die Lieferzeit beträgt sieben Tage. So lange können wir nicht warten. Wir müssen selber Fledermäuse finden."
„Unter dem Nationaldenkmal auf dem Kreuzberg gibt es ein geheimes Gewölbe", fiel Bettina ein. „Da wohnen Tausende von Fledermäusen. Mein lieber Vigor hat mir mal davon erzählt. Er war früher oft dort, wenn ihm der Sinn nach etwas Gesellschaft stand." Sie seufzte.
„Okay", sagte Freddy. „Aber selbst wenn wir da irgendwie reinkommen – wie sollen wir denn Hunderte von Fledermäusen scheren?"
„Das kriegen wir leicht hin", lachte Poppy. „Wenn du und Flo mir helft."

„Das machen wir!", rief Freddy begeistert. „Flo hat Papa versprochen, zur Strafe jeden Ferientag etwas mit mir zu unternehmen. Da hat sie ihn ganz schön reingelegt. Als ob das eine Strafe wäre!"
Flo seufzte tief.
„Super", sagte Poppy. „Dann gehen wir drei gleich morgen früh zum Kreuzberg und besorgen die Fledermauswolle. Sobald die Tarnkappen fertig sind, treffen wir uns und fahren gemeinsam zum Schloss."
„Dann befreien wir Dr. Mortis", rief Freddy, „überführen Draculus und gewinnen die Wahl!"

KAPITEL 18

FREDDY FÄNGT FLEDERMÄUSE

Freddy, Flo und Poppy stiegen keuchend den Kreuzberg hinauf. Oben angekommen, ragte das riesige, gusseiserne Denkmal vor ihnen auf. Es sah aus wie die Spitze eines Kirchturms

„Lasst uns mal den Eingang finden!", rief Freddy und rannte um das Denkmal herum. Sekunden später knallte er mit Flo zusammen, die anscheinend andersherum gelaufen war.

„Manno, du Erbsenhirn!", schimpfte sie. „Pass mal auf, wo du hinrennst!"

„Ich habe keinen Eingang gesehen“, schnaufte Freddy.

„Hier drüben!“, rief Poppy und die beiden Geschwister folgten ihrer Stimme zu einer unscheinbaren Eisentür. Das Hexenmädchen zog den Zauberstab aus der Tasche, murmelte einen Zauberspruch und die Tür schwang auf. Sie traten ein. Drinnen war es herrlich kühl, aber dunkel. Freddy holte seine Kopflampe aus dem Rucksack und setzte sie auf. Aus der Spitze von Poppys Zauberstab sprühten Funken. Flo hatte weder eine coole Kopflampe noch einen tollen Zauberstab. Sie konnte nur die Taschenlampe an ihrem Handy anmachen. Freddy hatte eine muffige Gruft mit niedrigen Decken erwartet. Stattdessen erspähte er im Licht der Kopflampe die hohen, gemauerten Bögen eines prachtvollen Backsteingewölbes. Es sah aus wie in einer Kirche! In den Nischen standen irgendwelche Steinfiguren und starrten mit finsterer Miene auf Freddy herab.

„Hier, Kurzer“, sagte Flo und reichte ihrem Bruder einen Lolli. „Die hab ich von Kathi bekommen. Beruhigen die Nerven.“

„Wer braucht denn hier ruhige Nerven?“, fragte Freddy. „Du vielleicht. Ich grusel mich vor gar nix!“ Trotzdem packte er den Lolli aus und steckte ihn in den Mund. Ein süßsaures Kribbeln breitete sich in seinem ganzen Körper aus. Er liebte Zucker und Farbstoff am Stiel.

Freddy schaute sich um, konnte aber keine kleinen Blutsauger entdecken. Wobei „Blutsauger“ natürlich auch Quatsch war. Alle in Deutschland lebenden Fledermäuse saugten ja gar kein Blut, sondern ernährten sich ausschließlich von Insekten wie Faltern, Käfern oder Mücken. Sehr sympathisch eigentlich. Vor allem das mit den Mücken.

„Poppy, hier sind ja gar keine Fledermäuse!“, rief Flo. „Was machen wir denn jetzt?“

„Gib mir den mal“, sagte Poppy und zog Freddy seinen Lolli mit einem *Plopp!* aus dem Mund. „Ich habe eine Idee.“ Sie zückte ihren Zauberstab und rief:

„Diesen Lolli wollen sie haben,
Sollen sich am Farbstoff laben,
Kommen aus der Wand gekrochen,

Weil den Zucker sie gerochen.
Für jeden Biss ein bisschen Fell.
Das brauchen wir an dieser Stell'."

Poppy klopfte mit dem Zauberstab auf die Stellen am Boden, wo die Fledermäuse ein paar Büschelchen Fell abwerfen sollten. Und tatsächlich kamen die schwarzen Tierchen aus sämtlichen Ritzen des alten Gemäuers gekrochen! Aus Löchern, die so klein waren, dass Freddy sich wunderte, wie sie dort überhaupt hineinpassten. Mithilfe ihrer Krallen kletterten die Fledermäuse am Mauerwerk entlang, spannten die Flügel auf und flatterten los. Erst nur ein paar, dann Hunderte. Wie ein riesiger Vogelschwarm umkreisten sie das Hexenmädchen mit dem Lolli.
Flo fing an zu kreischen: „Das sind zu viele! Poppy, schick sie wieder weg!"
Freddy schaute nach oben in das Gewölbe. Ihm schwindelte bei dem Anblick und er hielt sich an der eiskalten Statue fest.

„Gleich!“, rief Poppy.

„Ich halte das nicht mehr aus!“, schrie Flo und rannte nach draußen.

Das Hexenmädchen bewegte sich langsam auf Freddy zu, dann legte sie den traurigen Rest vom Lolli auf den Sockel der Statue. Die Fledermäuse umschwirrten sie immer dichter. Freddy fürchtete schon, sie könnten auf seinem Kopf landen und sich in seinen Wuschelhaaren verfangen. Er wünschte, er hätte einen Kapuzenpulli so wie Flo. Tapfer half er Poppy, die Fledermauswolle vom Boden aufzuklauben und in einen Baumwollbeutel zu stopfen. Es war ein ganz schöner Berg Wolle zusammengekommen!

Mit gebeugtem Rücken und eingezogenem Kopf schlichen Freddy und Poppy wieder nach draußen. Flo wartete auf sie. „Ich werde nie wieder einen Lolli essen können“, sagte Freddys Schwester ungewohnt kleinlaut.

„Das war wirklich ziemlich gruselig“, gab Freddy zu.

„Aber es hat sich gelohnt!“, freute sich Poppy. „Jetzt können wir ganz viele Tarnkappen machen!“

KAPITEL 19

FLO FLUCHT BEIM FILZEN

Flo saß am Küchentisch und hatte das Gefühl, sich gleich übergeben zu müssen. Sie verteilte vorsichtig mit den Fingerspitzen die Fledermauswolle auf einer dreieckigen Schablone.

Poppy stellte einen Krug mit Seifenlauge neben sie. „Jetzt musst du die Wolle befeuchten und so lange rubbeln, bis sie fest wird", wies das Hexenmädchen sie an. „Und auf der anderen Seite auch."

Der fettige Geruch der Wolle stieg Flo in die Nase und sie musste würgen. Eigentlich hatte sie nichts

gegen Tiere, aber bei Fledermäusen würde sie von nun an eine Ausnahme machen müssen. Gedanklich sortierte sie die Flattertiere in die Schublade zu den Anglerfischen, Küchenschaben und Vogelspinnen.
„Warum muss ich eigentlich immer die ekligsten Aufgaben machen?", beschwerte sich Flo. „Hey, Halbling, komm rüber! Tauch du deine Hände in die Ekelpampe."
„Ich würde ja supergerne!", rief Freddy aus dem Kinderzimmer. „Aber leider habe ich keine Lust! Außerdem muss ich einen Roboter bauen, der Fallen auslösen kann", erklärte Freddy. „Wer weiß, was uns im Kerker alles erwartet."
Flo atmete tief ein und knetete eine gefühlte Ewigkeit in der feuchten Wolle herum. „Das hält nicht zusammen!", rief sie.
Poppy kam aus dem Kinderzimmer und sah ihr über die Schulter. „Oh, ich habe vergessen, dass du einen Stoff drüberlegen musst. Am besten eine Gardine oder so."
„Super", stöhnte Flo. „Dann hab ich bis eben alles umsonst geknetet?"

„Na ja … Ja“, gab Poppy zu. „Ich habe neulich in eurer Verkleidekiste einen Umhang gesehen. Den können wir nehmen!“
„Meinen Elsa-Umhang?“, schrie Flo auf, bevor ihr wieder einfiel, dass sie mittlerweile groß war und sich ganz sicher nie wieder in ihr Elsa-Kostüm zwängen könnte oder wollte. „Ich meine, klar können wir den nehmen. Den brauche ich eh nicht mehr.“
Poppy brachte den ehemals heiß geliebten Umhang aus hellblauem Glitzerstoff. Schweren Herzens legte Flo ihn über die graue Pampe. Dr. Mortis war ihr eindeutig was schuldig. Sie legte die Hände auf den Stoff und rieb ihn auf und ab.
„Während ich hier Fledermauswolle walke, könntest du mal bitte das Video für den Klassenchat aufnehmen“, rief sie zu Freddy rüber.
Freddy kam in die Küche geschlurft und zog Flos Smartphone aus ihrer Jackentasche. Er hielt es sich vors Gesicht und drückte auf Aufnahme. „Liebe Klasse von Flo, es tut mir leid, dass ich in Flos Namen Unsinn in euren Chat gepostet habe. Ich war sauer auf sie und wollte mich an ihr rächen. Sie würde

niemals mit einem Jungen tanzen. Höchstens mit mir oder Papa. Vielleicht noch mit Zac Efron. Das ist so ein gut aussehender Typ aus *Greatest Showman*. Den Film hat sie schon zwanzig oder dreißig Mal geguckt und jedes Mal weint sie am Ende. Also, da seht ihr's: Sie hat *nicht* mit Luca getanzt. Das wäre nämlich voll peinlich. Mit freundlichen Grüßen, euer Freddy Feyerabend." Freddy nahm das Smartphone herunter und guckte Flo erwartungsvoll an. „War das besser?"

„Nein." Flo rollte mit den Augen. Dieses Video würde sie auf keinen Fall posten. Sie beugte sich wieder über ihre Arbeit.

Tatsächlich begann die Wolle sich langsam, viel zu langsam in ein festes Stück Filz zu verwandeln. Flo nahm es hoch und betrachtete es verblüfft. Sie hätte nie gedacht, dass das klappen würde! Sie schnitt die untere Seite des Dreiecks an der Kante auf und zog die Schablone heraus. Dann knetete sie so lange weiter, bis sie den Filz zu einem Hut geformt hatte. Sie lief zu Freddy und Poppy ins Kinderzimmer. „Tada!", rief sie stolz und hielt ihr Meisterwerk in die Höhe.

„Was soll das sein?“, fragte ihr dummer kleiner Bruder. „Was ist das für ein krunkeliger grauer Berg?“
„Das ist ein Hut, du Blödi!“, schimpfte Flo.
„Der ist sehr schön“, lobte Poppy sie und setzte sich den Hut auf. „Den werde ich nun immer tragen.“
„Bitte nicht“, sagte Freddy und verzog das Gesicht.
„Schau mal, Flo, wir sind mit unserem Roboter fertig!“ Poppy strahlte. „Lass ihn mal fahren, Freddy.“
Freddy tat ihr den Gefallen. Er drückte ein paar Knöpfe auf dem Tablet des Hexenmädchens und der kleine Plastikkerl fuhr im Zimmer auf und ab.
„Zauberei“, seufzte Poppy.
„Ja, oder Technik“, sagte Flo. „Eins von beidem.“
„Jetzt müsst ihr nur noch sechs große und fünf kleine Hüte filzen“, erklärte das Hexenmädchen und schnappte sich ihren Besen. „Ich besorge in der Zeit vorsichtshalber noch Mondblumen. Wir treffen uns später vorm Haus.“ Mit einem Wusch war sie zum Fenster hinaus.
„Was?! Noch elf Hüte?! Dann musst du mir aber helfen, Halbling!“, befahl Flo. „Sonst werden wir nie rechtzeitig fertig.“

Flo und Freddy trotteten in die Küche.
Als Flo gerade einen Haufen Fledermauswolle zu Freddy rüberwarf, erschien Papa in der Tür. „Was macht ihr denn hier?“, fragte er.
„Wir filzen“, erklärte Freddy. „Das ist Teil unseres Ferienprogramms.“
„Toll“, sagte Papa. „Ich muss nämlich schnell zum Krankenhaus. Ulrike hat auf der Arbeit plötzlich schlimme Bauchkrämpfe bekommen. Wahrscheinlich hat sie nur was Schlechtes gegessen. Aber man weiß ja nie. Könnt ihr bitte solange auf Frida aufpassen? Danke, meine Großen.“ Er drückte Flo das Baby in die Arme und verschwand wieder im Flur.
„Warte mal!“, rief Flo ihm hinterher. „Ich bin doch keine Babyklappe!“ Aber Papa war schon zur Tür raus.
Na toll.

KAPITEL 20

HERR WÜTKE CHILLT NICHT SO RICHTIG

Wolfgang Wütke hatte gut geschlafen und tagsüber waren fast keine Kunden in seinen Laden gekommen. Seine Pizza war pünktlich und mit viel Käse im Rand geliefert worden und zum Nachtisch hatte er sich noch einen schönen dicken Pfannkuchen gegönnt. Es ging ihm richtig gut. Er war superentspannt und quasi die Ruhe selbst.

Er schloss seinen Laden ab. Davor warteten schon Rudi, Bettina, Tutti, Frau Lohmeyer und die Heinzelleute.

„Da bist du ja endlich“, meckerte das Gespenst.

„Ach, Frau Lohmeyer. Weeßte, Pünktlichkeit is eene Zier, doch weiter kommt man ohne ihr", sagte Wolfgang Wütke.
Frau Lohmeyer sah ihn beleidigt an. „Ihr sollt mich doch …"
„… Ursel nennen!", riefen alle anderen im Chor und lachten.
Da traten Freddy und Flo mit Frida vor dem Bauch aus der Haustür.
„Glaubt ihr, dit is 'ne jute Idee, mit 'nem Baby uf 'ne Rettungsmission zu jehen?", fragte Wolfgang.
„Wir hatten keine Wahl", maulte Flo. „Sie wurde uns einfach aufs Auge gedrückt."
„Das war bestimmt schmerzhaft", sagte Tutti und lachte über seinen eigenen Witz.
„Na, dann woll'n wa mal", brummte Wolfgang und führte die Truppe zu seinem geliebten, von Rost zerfressenen Transporter. Er öffnete die kreischende Seitenschiebetür und machte eine einladende Handbewegung. „Los, rin da!", rief er und schwang sich mit schwerem Schnaufen hinters Lenkrad. „Alle anschnallen!", rief er über die Schulter. „Dit is hier

keen Bobbycar. Jetzt jeht's los. Und zwar zackig. Ick hoffe, alle war'n uf'm Klo. Ick halte für nüscht und niemand."

Er drehte den Zündschlüssel und fuhr mit Vollgas an. Von rechts bog ein kleiner roter Sportwagen auf seine Spur und zwang ihn, hart abzubremsen. „Wat für 'n Vollpfosten!", rief der Werwolf und drohte mit der Faust. „Dem ham se wohl den Führerschein zu Weihnachten jeschenkt, oda wat? Wo hat der denn fahr'n jelernt? In England?"

„Chill mal, Wolfgang", riet ihm Tutti. „Denk an deinen Blutdruck."

„Außerdem war das eine abbiegende Hauptstraße", quäkte das Gespenst von hinten. „Der hatte Vorfahrt."

Der Werwolf wusste nicht, ob er es gut fand, dass Frau Lohmeyer endlich gelernt hatte, im Auto mitzufliegen, und nicht mehr in jeder Kurve rausgeweht wurde. Eigentlich hatte die alte Methode auch ihren

Reiz gehabt. Wolfgang beugte sich vor und klemmte sich fest hinters Steuer. Sein Puls raste.

Zähneknirschend schlängelte er sich durch den Berliner Stadtverkehr. Bei jeder Ampel trommelte er auf dem Lenkrad herum.

Endlich erreichten sie das Ortsausgangsschild und Wolfgang konnte Gas geben.

„Ich muss mal pullern!", rief Freddy nach vorn. „Können wir irgendwo anhalten?"

Wolfgang Wütke brummte, um nicht zu brüllen, und fuhr in eine Nothaltebucht.

„Hier kann ich nicht", sagte Freddy. „Hier können ja alle zugucken, die vorbeifahren. Können wir nicht zu einer schöneren Stelle fahren, mit Bäumen oder so?"

Der Werwolf atmete tief ein, *sehr* tief, und wieder aus. Er fuhr an und drückte aufs Gas.

Nach ein paar Hundert Metern begann eine Art Wald. Es gab jedenfalls Bäume. Wolfgang Wütke bog in einen mit braunen Kiefernnadeln übersäten Weg ein. Freddy hüpfte aus dem Wagen und verschwand hinter einem Gebüsch. Der Werwolf trommelte wieder mit den dicken, behaarten Fingern.

Mit einem erleichterten Grinsen im Gesicht trat Freddy wenig später hinter dem Busch hervor und sprang zurück auf seinen Sitz. „Kann weitergehen", flötete er.
Der Werwolf drückte auf die Tube. Er konnte es kaum erwarten, am Schloss anzukommen und sich diesen verdammten Draculus mal ordentlich vorzuknöpfen. Wolfgang hatte negative Energie für zehn. Das würde sicher ein Riesenspaß werden.
„Guh", machte Rudi und zeigte auf die Tankanzeige, die schon gelb leuchtete. Sie würden schon wieder halten müssen. Wolfgang knurrte.
„Dann können wir auch gleich Snacks kaufen!", rief Tutti aus der zweiten Reihe.
„Wenn ich nicht bald 'ne Cola Zero trinke, sterbe ich", stöhnte Flo.
„Und Eis!", ergänzte Freddy. „Eis und Kekse!"
„Ekse", wiederholte Frida quietschend.
„Da vorn kommt eine Tankstelle", bemerkte Bettina Blütenreich. „Da können wir tanken und was kaufen."
Wolfgang Wütke sehnte sich nach der Zeit zurück, als sie noch nicht so helle war.

„Ich will ein Würstchen", sagte Tutti.
„Bist du verrückt?", fragte Freddy. „Du kannst doch an der Tankstelle kein Würstchen essen! Hast du 'ne Ahnung, wie lange das da schon unter der Wärmelampe liegt?"
„Was soll mir denn passieren?" Tutti zuckte mit den Schultern. „Ich bin doch schon gestorben."
Der Werwolf fuhr sich mit der Hand über Stirn und Scheitel, knurrte leise und hielt an einer Zapfsäule. Fröhlich stiegen alle aus und liefen wild durcheinanderrufend in den Shop.
„Ich bleibe hier", sagte Frau Lohmeyer. „Ich mag nicht, wie die lebenden Menschen mich immer anstarren. Außerdem kann ich sowieso nichts essen. Aber würdest du mir eine Zeitung mitbringen?"
„Mmh", murrte Wolfgang Wütke.
„Eine Rätselzeitung", sagte das Gespenst.
„Is jut."
„Aber Sudokus sollen auch drin sein."
„Klar."
Der Werwolf knallte die Wagentür zu. Frau Lohmeyer steckte den Kopf durch die Tür. „Aber nicht nur

Sudokus! Auch Kreuzworträtsel!", plärrte sie ihm hinterher.

„Ja, ja", sagte Wolfgang Wütke und beeilte sich, in den Shop zu kommen.

„Haben Sie keine frischen Smoothies?", fragte Bettina gerade einen Teenager mit Zahnspange, der hinter dem Verkaufstresen stand.

„Äh, nein", stammelte dieser. „Aber im Kühlregal gibt's Energydrinks, Limo und Vanillemilch."

„Vanillemilch? Ich denke nicht", sagte Bettina und nahm zwei Äpfel aus einem Korb.

„Die sieht doch interessant aus", sagte Poppy und griff nach einer schwarzen Dose mit silbernen Flügeln.

Flo kam mit einer Flasche Cola und einer Packung Kekse, an der Frida schon herumzunagen begann. Rudi schleppte eine Dose Bier an und Freddy ein Eis, eine Tüte Chips und eine Apfelschorle. Die Heinzelleute kickten eine Packung Erdnussflips über den Boden.

Der Teenager mit der Zahnspange beugte sich über den Tresen und schaute ungläubig nach unten.

„Die sind nicht echt", sagte Freddy. „Das sind kleine

Lego-Roboter aus der neuen Fantasy-Technik-Reihe. Es gibt auch Orks und Elben."

Der junge Verkäufer nickte verständig und begann, die Sachen einzuscannen.

„Ich hätte gern noch ein Würstchen", sagte Tutti und zeigte auf ein paar schrumplige Wiener hinter Glas.

„Sind Sie sicher?", fragte der Junge. „Die liegen schon echt lange da."

„Ich lasse es auf einen Versuch ankommen", sagte Tutti.

Der Verkäufer zuckte mit den Schultern und reichte Tutti das Würstchen auf einem Pappteller über den Tresen. „Das macht dann insgesamt 42,30 Euro."

Wolfgang Wütke sah fragend in die Runde. Alle begannen, in ihren Hosen- und Rocktaschen zu wühlen, nur um am Ende bedauernd mit den Schultern zu zucken. Natürlich hatte keiner Geld dabei. Der Werwolf zog seufzend seine Geldbörse aus der Gesäßtasche.

Zurück im Auto, quengelte Frau Lohmeyer sofort los: „Hast du meine Rätselzeitung vergessen?"

Wolfgang Wütke drehte das Radio auf. *„Beinhart wie*

'n Rocker", plärrte es aus den billigen Lautsprechern. Es störte den Werwolf fast gar nicht, wie Freddy die Chips quasi direkt neben seinem Ohr knusperte, wie Bettina geräuschvoll von ihrem Apfel abbiss, Flo Cola schlürfte und Frida jedes Mal laut aufschrie, wenn sie einen neuen Keks haben wollte. Rudi rülpste laut, nachdem er die ganze Dose Bier ohne Absetzen ausgetrunken hatte, und Poppy plapperte, ohne Luft zu holen.

„Ich fühle mich irgendwie ganz aufgedreht", sagte das Hexenmädchen. „Ich kann mich nicht erinnern, wann ich das letzte Mal so wach war. Mir gehen tausend Gedanken im Kopf herum und ich kann gar nicht richtig still sitzen." Sie wedelte mit ihren Händen direkt vor seinen Augen herum.

„Hör mal uf zu hampeln!", murrte Wolfgang Wütke. „Ick versuche hier zu fahr'n."

Das alles hätte er leicht ertragen können, nicht aber, was nun vor ihm auftauchte. Ein Traktor. Einer von vielen in einer langen Reihe von Traktoren. *Treckertreffen Lüdersdorf* stand auf einem großen Schild hinten am Fahrzeug.

Der Werwolf trat auf die Bremse.

„Können Sie nicht überholen?“, schmatzte Freddy ihm ins Ohr.

„Nein!“, brüllte Wolfgang Wütke. „Dit jeht nich! Dit sind zu viele! Wie soll ick denn da wieda einscheren, wenn eener von vorne kommt?! Ick glob dit nich! Dit ist die schlimmste Fahrt meines Lebens!“

„Schlimmer als der Ausflug zum See?“, fragte Poppy. „Wo die Heinzelleute dein ganzes Auto vollgekotzt haben?“

„Immerhin haben sie alles wieder aufgewischt“, brummte der Werwolf.

„Oder als wir im Winter mal eingeschneit waren?“, rief Tutti von hinten. „Und eine bitterkalte Nacht lang darauf warten mussten, dass der Schneepflug die Straße räumt?“

„Okay, okay“, knurrte Wolfgang Wütke. „Diese Fahrt hier is aber trotzdem die schlimmste, weil ick sie jerade eben durchleiden muss, versteht ihr? Und jetzt sin ma alle stille. Ick will in Ruhe sauer sein auf diese verdammten Bauern in ihren bescheuerten Landmaschinen.“

Als die Trecker nach einer halben Ewigkeit von der Landstraße in Richtung Lüdersdorf abbogen, hatte Wolfgang freie Fahrt. Er trat aufs Gas.
Sie fuhren gerade durch Sonnewalde, als der Motor stuckerte und das Auto zum Stehen kam. Fassungslos starrte der Werwolf auf die Anzeigen. Was war passiert? Was hatte er übersehen? Öl? Wartung? Da erblickte er das Unmögliche: Die Tankleuchte blinkte rot. Das Benzin war alle.
Wolfgang hieb mit seinen Riesenhänden aufs Lenkrad ein. Er konnte es nicht glauben. Er hatte nicht getankt! Sie hatten an der Tankstelle gehalten, aber die anderen hatten ihn mit ihrem ganzen Quatsch dermaßen abgelenkt, dass er nicht getankt hatte. Er ließ seinen Kopf auf die Hupe knallen.

KAPITEL 21

POPPY HEXT DANEBEN

Poppy klopfte Wolfgang Wütke beruhigend auf die Schulter. „Das kriegen wir schon hin“, sagte sie. „Es ist doch ganz einfach, Treibstoff herzustellen. Wir müssen nur alle einmal in den Tank spucken und einen Fliegenpilz hinterherwerfen.“

Der Werwolf schaute sie zweifelnd an. „Wenn dit so einfach wäre, würden dit doch alle so machen. Weeßt du, wie teuer Diesel is?“

„Nein, ich fliege doch immer auf meinem Besen“, erwiderte Poppy. „Vertrau mir, Wolfgang. Also, los geht's! Wo ist der Tank?“

Der Werwolf ging um den Transporter herum.

„Können Sie sich nicht ein bisschen beeilen?“, fragte Flo. „Wir haben nicht mehr viel Zeit, um Dr. Mortis zu befreien und rechtzeitig zur Wahl zurück zu sein.“

„'n alta Mann is keen D-Zug“, brummte Herr Wütke und drehte den Tankverschluss auf. „Aba wehe, dit Auto is nachher kaputt!“

„Keine Sorge“, sagte Poppy und spuckte in den Tank. „Jetzt ihr“, forderte sie die anderen auf, die es ihr nachtaten. Das Hexenmädchen sah sich nach einem Fliegenpilz um, aber es war natürlich keiner zu sehen. Das wäre auch ein zu großer Zufall gewesen. Zum Glück hatte sie immer eine Grundausstattung an den wichtigsten Zauberzutaten dabei. Sie zog einen getrockneten Pilz aus ihrer Tasche und warf ihn in den Tank. „Das müsste funktionieren“, überlegte das Hexenmädchen.

„Müsste?!“, fragte Wolfgang misstrauisch. Er klemmte sich hinters Lenkrad und startete den Motor. Dieser tuckerte und hustete und eine dicke schwarze Rußwolke stob mit einem Knall aus dem Auspuff. Der Motor ging wieder aus. Wolfgang versuchte es ein zweites Mal. Nichts geschah. „Poppy!“, brüllte er.

„Das funktioniert nicht! Jetzt habe ich nicht nur keinen Diesel mehr im Tank, sondern auch noch Spucke und einen Fliegenpilz!“

„Vielleicht funktioniert es nicht, weil er getrocknet war“, überlegte Poppy. „Wir können ja versuchen, einen frischen Pilz zu finden, und den dann reinwerfen. Oder wir kippen ein bisschen Wasser hinterher, damit der getrocknete Pilz sich wieder vollsaugt.“

„Wir kippen überhaupt gar nix mehr in meinen Tank!“, motzte Wolfgang Wütke.

Poppy zog den Kopf ein. Die Aktion war irgendwie nach hinten losgegangen.

„Was machen wir denn jetzt?“, fragte Flo und wippte die quengelnde Frida auf ihren Armen.

„Wir könnten laufen“, schlug Freddy vor.

„Halt mal kurz“, sagte Flo und drückte Poppy das Baby in den Arm. Sie zog ihr Handy aus der Tasche und tippte darauf herum. „Das sind noch acht Kilometer.“

„Und zurück zur Tankstelle?“, fragte Bettina.

„Das sind zwölf“, antwortete Flo.

„Acht Kilometer sind doch prima“, sagte Freddy. „Dann sind wir ja in zwei Stunden da.“

Poppy kitzelte Frida an den Füßchen und freute sich über die glucksenden Geräusche, die die Kleine von sich gab.

„Und was machen wir mit der Kichererbse?“, fragte Flo.

„Na, die können wir doch einfach tragen“, schlug Freddy vor. „Und mit ‚wir‘ meine ich natürlich Herrn Wütke.“

„Natürlich. Is ja klar“, sagte der Werwolf, stieg wieder aus dem Wagen und hob sich die fröhlich quiekende Frida auf die Schultern.

„Wir haben zu kurze Beine“, beschwerten sich die Heinzelleute.

„Guh“, machte Rudi.

„Jetzt stellt euch mal alle

nicht so an“, sagte Frau Lohmeyer. „Bewegung ist gut gegen Rheuma.“

„Was ist Rheuma?“, fragte Freddy.

„Jelenkschmerzen“, knurrte Wolfgang Wütke. „Dit, wat Jespenster nich mehr kriegen können, weswegen se hier plötzlich och große Töne spucken.“ Er schaute Frau Lohmeyer finster an.

„Dann mal los“, sagte Poppy und steckte die Heinzelleute in ihre Umhängetasche aus bunten Stoffflicken.

„Während wir hier durch die Pampa laufen, kannst du mal ein vernünftiges Beichtvideo für den Klassenchat aufnehmen“, sagte Flo und streckte Freddy ihr Smartphone entgegen.

Poppy lächelte. Wie oft würde der arme Kerl dieses Video denn noch machen müssen?

Freddy seufzte und hielt sich Flos Handy vors Gesicht. „Hallo, mein Name ist Frederick Feyerabend“, sagte er. „Ich habe im Namen meiner Schwester Florentine Quatsch in den Klassenchat geschrieben. Sie hat gar nicht mit Luca getanzt. Ich wollte mich nur an ihr rächen, weil sie meinen ferngesteuerten Raupenkran von LEGO Technic zerstört hat. Es tut mir leid, dass ich gelogen habe. Tschau, Kakao." Freddy grinste. „Wie war das?", wollte er wissen.

„Perfekt", freute sich Flo. Sie wischte mit dem Finger über das Display und ließ die Aufnahme laufen. *„Wie war das? Perfekt!"*, tönte es aus dem Gerät. „Manno, Freddy! Du hast Aufnahme gedrückt, als du Stopp drücken solltest. Ich fasse es nicht!"

„Sind wir bald da?", fragte Bettina Blütenreich. „Meine Füße tun weh."

„Ich sehe das Schloss schon am Horizont", rief Freddy.

„Das ist nicht das Schloss", murrte Wolfgang Wütke. „Das ist eine Bushaltestelle."

KAPITEL 22

FREDDY BRUMMT DER SCHÄDEL

Freddy lief die gepflasterte Straße zum Schloss entlang. Die Sonne stand schon tief am Himmel. Sie mussten sich wirklich beeilen, wenn sie Dr. Mortis noch rechtzeitig retten und es pünktlich zurück zur Wahl schaffen wollten.

Die anderen waren weit abgeschlagen. Freddy hörte sie von hinten über schmerzende Füße und Durst schimpfen. „Macht mal ein bisschen hinne!“, rief er. Er spürte keine Ermüdung. Er wollte endlich seinen Freund befreien!

Hinter der nächsten Biegung tauchte eine weiß getünchte Mauer mit einem großen Tor auf. Freddy lief in den Schlosshof und staunte. Von allen Seiten ragten hohe Gebäude auf. Vor ihm stand ein dicker Turm, der über eine Brücke zu erreichen war.
„Wo geht es denn jetzt zum Kerker?", rief er.
Poppy kam mit ihrem Besen angeflogen.
„Du hast deinen Besen dabei?", fragte Freddy.
„Ja, das ist mein Pocketbesen", antwortete Poppy. „Den kann man ganz klein zusammenklappen. So passt er in die Tasche."
„Ist das dein Ernst?" Freddy konnte es nicht fassen. „Wir sind gerade zwei Stunden gelaufen, obwohl wir auch hätten fliegen können?"
„Aber wir hätten doch nicht alle auf den kleinen Besen gepasst", wandte Poppy ein.
„Du hättest uns doch nach und nach herfliegen können", sagte Freddy.
„Hm. Daran hab ich nicht gedacht", seufzte Poppy.
Flo kam angehumpelt. Sie stützte sich auf einen Stock, den sie am Straßenrand gefunden hatte. „Du hast einen Besen dabei, Poppy?"

„Ja, ja“, würgte Freddy sie ab. „Poppy hat einen Besen. Schwamm drüber. Jetzt sind wir ja da und schaut mal: Hier gibt es eine Million Türen und Fenster. Woher sollen wir wissen, wo wir hinmüssen?“

„Du denkst, das hier ist einfach nur ein schönes Schloss“, sagte Poppy. „Aber es ist eindeutig verzaubert. Schau mal, wie das Mauerwerk flimmert! Wie heiße Luft über einem Getreidefeld in der Mittagshitze.“

„Du hast recht“, sagte Flo. „Jetzt sehe ich es auch.“

„Verzauberte Mauern? Alles klar!“ Freddy nahm Anlauf und knallte mit Karacho gegen die weiße Wand. Sein Schädel brummte. Er sank auf den Boden.

„Willst du auch so schlau werden wie Bettina?“, fragte Flo. „Oder was war das für eine Aktion?“

„Ich dachte, das funktioniert hier wie bei Harry Potter und dem Gleis 9 ¾.“ Freddy rieb sich den schmerzenden Kopf.

„Ich bin total erschöpft!“, klagte die heranfliegende Frau Lohmeyer.

„Wat is los?“, knurrte Wolfgang Wütke, der noch immer Frida hielt. Irgendwann auf der Wanderung war sie ihm von den Schultern in den Arm gerutscht und eingeschlafen. „Du bist doch die janze Zeit jeflogen!“

„Na und? Mir geht es trotzdem nicht gut“, klagte das Gespenst. „Ich muss in den Schatten.“

„Wie durchbrechen wir denn jetzt den Zauber?“, rief Freddy genervt und kam ächzend wieder auf die Beine.

„Das ist ganz einfach“, sagte Poppy. „Wir müssen uns nur im Kreis aufstellen und uns an den Händen fassen. Dann sprecht mir nach:

Lass das Flimmern, lass das Lügen.
Lass das Täuschen, das Betrügen.
Der Zauber soll gebrochen sein,
Wir fallen nicht aufs Trugbild rein.“

Freddy griff Flo und Poppy bei der Hand. Bettina, Tutti und Rudi reihten sich ein. Widerwillig stellte

sich auch Wolfgang mit dazu und hielt Rudi seine haarige Pranke hin. Alle stimmten in Poppys Singsang ein. Frau Lohmeyer schwebte um die Gruppe herum und sang am lautesten.
Die Welt um Freddy begann sich zu drehen, bis sie mit einem Mal wieder stillstand. Er schaute sich um. Die Schlossmauern befanden sich noch an derselben Stelle, nur waren sie nicht mehr weiß, sondern aus grauem Stein. Die Brücke zum Turm war nicht mehr gemauert, sondern aus morschem Holz zusammengezimmert. Über dem Torbogen hing ein schweres Fallgatter.
„Wow“, machte Flo. „Was ist passiert?“
„Mir ist schlecht“, keuchte Tutti und wandte sich ab. Ein unverkennbares Würgen war zu hören.
„Vielleicht hätte er das Würstchen lieber doch nicht essen sollen?“, meinte Flo.
Freddy betrat zögernd die Zugbrücke, die unter seinen Schritten beunruhigend knarzte. Er huschte schnell darüber und unter dem Fallgatter hindurch. Im Turm entdeckte er eine Tür, hinter der eine Treppe hinunter ins Dunkle führte.

„Ick globe, hier bin ick damals rausjekommen“, brummte der Werwolf leise hinter ihm.

Freddy stieg die Treppe hinab und gelangte in einen Gang, der ihm verdächtig still und unheimlich vorkam. Er blieb stehen.

„Was ist denn los?“, fragte Frau Lohmeyer, die jetzt über ihm schwebte. „Warum gehst du nicht weiter? Hier ist doch gar nichts.“ Sie flog in den Gang hinein. In ihrem Gespensterkörper wurden blaue Lichtstrahlen sichtbar.

Freddy verfolgte die Strahlen mit den Augen und erkannte zwei Dutzend Vogelkäfige, die ins Mauerwerk eingelassen waren. Jeder Strahl schien in einen der Käfige, in denen kleine Vögel mit einem menschlichen Kopf saßen.

„Was sind das denn für krasse Vögel?“, flüsterte Freddy.
„Das sind Harpyien“, raunte Poppy.
„Bitte was?“, rief Flo.
„Psst“, machte Freddy und legte Flo die Hand auf den Mund.
„Harpyien sind geflügelte Mischwesen mit einem Vogelkörper und einem Frauenkopf“, erklärte Bettina.
„Das sehe ich auch“, grummelte Flo.
„Was du wirklich wissen musst, ist, dass Harpyien laut genug kreischen können, um eine ganze Stadt aufzuwecken“, ergänzte Poppy.
„Wieso penn’ die Viecher denn alle?“, fragte Wolfgang Wütke.
„Wahrscheinlich werden sie von den magischen blauen Lichtstrahlen beruhigt“, vermutete Bettina. „Die sollten wir auf keinen Fall unterbrechen.“
„Dann ist das hier wohl so eine Art Alarmanlage“, vermutete Freddy und hoffte, dass sie auf der richtigen Spur waren. Alarmanlagen brauchte man doch nur, wenn man etwas zu bewachen hatte. Zum Beispiel Gefangene.

KAPITEL 23

FRAU LOHMEYER WIRD GELASERT

Frau Lohmeyer schwebte durch den dunklen Gang. Die Lichtstrahlen durchzogen kreuz und quer ihren Gespensterkörper. Sie sollte nachsehen, ob es am anderen Ende des Gangs irgendeine Vorrichtung gab, um die Alarmanlage abzuschalten. Schließlich mussten Draculus und seine Wachen ja auch irgendwie durch den Gang gehen können, ohne dass diese Vogelviecher loskreischten.

„Hier ist ein großer roter Knopf!“, rief Frau Lohmeyer, als sie auf der anderen Seite angekommen war. Wie gern hätte sie einfach selbst draufgedrückt. Dann wäre sie die Heldin der Stunde gewesen. Aber als Gespenst ging das ja nicht. „Auf dem Knopf steht AUS."

„Psst!", machten alle anderen.

Frau Lohmeyer zuckte zusammen und schwebte eingeschnappt zurück. Sie schielte im Vorbeifliegen auf die Augen der gruseligen Vögel. Noch waren sie fest geschlossen. Oder hatte sich da was bewegt? Sie flog lieber ein bisschen schneller.

„Wie sollen wir denn an den Schalter rankommen?", fragte Flo.

Freddy starrte den Gang hinunter und musste plötzlich an die Ninja-World im Freizeitpark denken. Da gab es Lichtschranken, die den Zauberstrahlen hier gar nicht unähnlich waren. Man konnte aus Spaß versuchen, auf die andere Seite eines Spielfelds zu gelangen, ohne die Lichtschranken zu berühren. Eigentlich war er darin sehr gut gewesen.

„Wat mach'n wa denn nu?", fragte Wolfgang Wütke.

„Vielleicht könnten die Heinzelleute untendrunter durch", schlug Bettina vor.

„Da gab es aber auch Strahlen ganz dicht über dem Boden“, gab Poppy zu bedenken. „Unter denen können selbst die Heinzelleute nicht durch.“

„Guh“, machte Rudi.

„Gibt es nicht einen Zauberspruch, mit dem wir die Harpyien wieder beruhigen können, falls wir sie versehentlich aufwecken?“, fragte Flo.

„Oder wir geben ihnen was zu futtern“, schlug Tutti vor.

„Wat fressen Harpyien denn überhaupt?“, fragte Wolfgang Wütke.

„Ich mach's!“, rief Freddy laut.

„Du?“, fragte Flo skeptisch. „Wie soll das denn gehen?“

„Frau Lohmeyer muss vorschweben und für mich die Strahlen sichtbar machen“, sagte Freddy. „Dann kann ich drüber hinwegsteigen oder drunter durchkriechen.“

„Aber dann musst du ja auch durch *mich* durch!“, rief das Gespenst angewidert. „Das mache ich auf keinen Fall mit!“ Ursel hasste es, wenn jemand in sie reinspazierte. Es fühlte sich an, als würde man mit

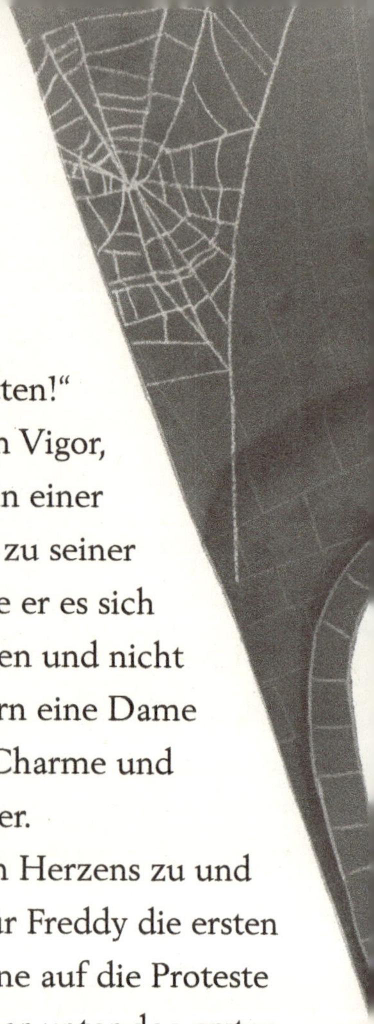

eingeschlafenen Füßen durch Schnee gehen.

„Bitte, Frau Lohmeyer", sagte Freddy. „Tun Sie es Dr. Mortis zuliebe! Wir müssen ihn doch retten!"

Ursel dachte an den liebreizenden Vigor, der dort im Dunkeln ganz allein in einer Zelle schmachtete. Wenn sie nun zu seiner Rettung eilen würde, dann könnte er es sich doch noch einmal anders überlegen und nicht die dusselige Elfe heiraten, sondern eine Dame von Format, eine mit Köpfchen, Charme und Stil. Eine wie sie – Ursel Lohmeyer.

„Na gut", stimmte Ursel schweren Herzens zu und schwebte ein Stück voraus, um für Freddy die ersten Strahlen sichtbar zu machen. Ohne auf die Proteste der anderen zu achten, krabbelte er unter den ersten zwei Zauberstrahlen hindurch und über zwei weitere hinweg. Dann blieb er stehen und wartete, bis Frau Lohmeyer wieder die Führung übernommen hatte. Die nächsten Zauberstrahlen kreuzten sich schräg über dem Boden und über Freddys Kopf. Von den

leisen Warnrufen der anderen begleitet, schlängelte er sich zwischen den Strahlen und durch das Gespenst hindurch. Für Ursel fühlte es sich an, als würde sich jemand durch ihre Eingeweide wühlen.

„Pass auf!“, zischte Flo.

„Duck dich!“, wisperte Poppy.

„Ich kann gar nicht hinsehen!“, jammerte Bettina.

„Macht der doch nich schlecht“, meinte Wolfgang.

„Guh“, sagte Rudi.

„Weiter so!“, jubelten die Heinzelleute.

„Du schaffst das, Alter!“, rief Tutti.

Frau Lohmeyer wurde von niemandem angefeuert. Dabei hatte *sie* hier doch eindeutig die schwierigste Aufgabe zu meistern! Sie musste es aushalten, dass der Junge in ihr herumkletterte! Sie flog ein Stück weiter. Fast hatten sie es geschafft.

Ursel warf einen Blick auf ihre Füße. Die letzten Strahlen verliefen knapp über dem Boden und folgten so dicht aufeinander, dass Freddy unmöglich einen Fuß dazwischensetzen konnte. Er konnte aber auch nicht einfach darüber hinwegsteigen. Dafür war die Strecke zu lang.

Ursel hatte keine Ahnung, wie der Junge es schaffen sollte, die Strahlen zu überwinden, und ihr sank der Mut. „Wir sollten aufgeben", jammerte sie. „Das kannst du nicht schaffen, Freddy. Du wirst die Zauberstrahlen unterbrechen und die Harpyien werden anfangen zu kreischen. Es wird hier von Vampiren nur so wimmeln. Sie werden uns gefangen nehmen und unser Blut aussaugen. Na ja, deins auf jeden Fall."

„Ich habe eine Idee", flüsterte Freddy. Er schob seinen Fuß ein paar Zentimeter zurück, holte Schwung und setzte mit einem kräftigen Hechtsprung über die Zauberstrahlen hinweg.

Frau Lohmeyer konnte es nicht fassen. Dieser kleine Kerl schien es tatsächlich geschafft zu haben! Sie warf einen kritischen Blick auf die schlafenden Harpyien. Sie hatten die Augen fest geschlossen. Was für ein Glück.

Freddy rappelte sich auf und schlug mit voller Wucht auf den roten Knopf. Eine Eisenwand schob sich quietschend vor die Harpyienkäfige. Hinter der Wand hörte man gedämpft die Vögel kreischen.

Jubelnd kamen die anderen zu ihnen herübergerannt. „Das hast du toll gemacht, Freddy!“, lobte Flo und klopfte ihrem Bruder auf die Schulter. Über Frau Lohmeyers großartige Leistung verlor sie kein Wort. Das war ja mal wieder typisch!
Freddy bedeutete den anderen, leiser zu sein, und zeigte auf die schlafende Frida. Der Junge hatte völlig recht. Ein quengelndes Baby war nun wirklich das Letzte, was sie gebrauchen konnten! Argwöhnisch betrachtete Frau Lohmeyer das kleine Menschlein.
In diesem Moment schlug Frida die Augen auf.

KAPITEL 24

FREDDY WIRD UNSICHTBAR

Natürlich quietschte Frida sofort los, denn sie war ja nun ausgeschlafen und voller Tatendrang und hatte keine Lust mehr, auf dem Arm getragen zu werden. Sie wollte runter und alles erkunden.Herr Wütke versuchte sie festzuhalten, aber sie wand sich wie ein kleiner Wurm.

„Lassen Sie sie lieber runter", flüsterte Freddy. „Sonst kreischt sie gleich lauter als die Harpyien."

Wolfgang Wütke setzte Frida auf den Boden und Flo holte das kleine Aufziehauto aus der Pullitasche. Frida war zufrieden.

Flo nahm ihren Rucksack ab und verteilte die grauen

Filzkappen. „Die sollten wir alle aufsetzen. Damit sind wir für die Vampire unsichtbar."

„Wow, Alter. Ich habe noch nie so ein hässliches Cap gesehen", staunte Tutti.

„Na, vielen Dank", murrte Flo. „Wir haben unter großem Zeitdruck gearbeitet. Ich glaube nicht, dass du die besser hingekriegt hättest!"

„Vielleicht nicht", sagte Tutti. „Aber ich setze dieses Ding auf keinen Fall auf. Das sieht so was von hart uncool aus."

„Wenn du lieber von Vampiren eingesperrt werden willst …", erwiderte Flo. „Deine Entscheidung!"

„Okay", lenkte der Mumienjunge ein. „Gib schon her. Aber wehe, einer von euch lacht!"

Freddy setzte sich den grauen Filzberg auf und verteilte die kleinen Kappen an die Heinzelleute, die aus Poppys Tasche gekrabbelt kamen. Er bemerkte an sich selbst keinen Unterschied. Und auch die anderen sahen aus wie vorher, nur dass sie jetzt eben einen klumpigen Filzberg auf dem Kopf trugen. „Bist du dir sicher, dass die Kappen funktionieren?", fragte er Poppy.

„Ja, aber nicht ohne den Spruch“, sagte das Hexenmädchen und schwang den Zauberstab.

„Gut behütet und versteckt,
Werden wir heut nicht entdeckt.
Solang wir unterm Zauber stehen,
Können Vampire uns nicht sehen.“

Tatsächlich fühlte Freddy nun ein Kribbeln über seine Haut schleichen. Der Zauber schien zu wirken.

„Müssen die Kappen eigentlich so furchtbar stinken?“, fragte Bettina. „Mir wird schon ganz schlecht.“

„Ich finde, die riechen toll“, schwärmte Poppy. „So erdig. Irgendwie ungekünstelt.“

Freddy schlich unterdessen zur nächsten Tür, öffnete sie einen Spalt und linste in den Raum dahinter. Er war leer. Dann fielen ihm die Löcher in den Wänden auf. Wenn ihn sein Indiana-Jones-Instinkt nicht täuschte, lauerte hier eine Falle auf sie.

Freddy holte seinen Roboter aus dem Rucksack und Poppy reichte ihm das Tablet. Er gab ein paar Befehle in die App ein und Robi, wie er seinen Roboter liebevoll getauft hatte, fuhr geradeaus durch den Raum. Doch nichts tat sich. Er schien keine Fallen auszulösen. Enttäuscht guckte Freddy dem Roboter hinterher. Plötzlich schoss Fridas kleines Aufziehauto an Robi vorbei, gefolgt von Frida, die immer noch verhext war und dem Spielzeug blitzschnell hinterherschlittern konnte.
„Nein!", schrie Freddy und wollte Frida greifen, aber sie war einfach zu schnell und schon an ihm vorbei, als seine Hände sich schlossen.

KAPITEL 25

RUDI IST SCHWER GETROFFEN

Guh Guh Guh Guh. Guh Guh Guh! Guh? Guh Guh Guh Guh Guh Guh Guh. Guh Guh Guh Guh Guh. Guh Guh Guh Guh Guh. Guh Guh Guh Guh Guh! Guh Guh Guh Guh, Guh Guh. Guh. Guh Guh Guh Guh! Guh Guh.

Guh Guh Guh Guh, Guh Guh. Guh Guh Guh, Guh Guh Guh Guh Guh. Guh Guh! Guh Guh Guh. GUH. Guh Guh Guh Guh Guh Guh Guh Guh Guh Guh Guh Guh Guh Guh. Guh Guh Guh Guh Guh, Guh Guh Guh Guh Guh Guh Guh. GUH.

Guh Guh Guh Guh Guh Guh. Guh Guh Guh Guh Guh Guh. Guh Guh Guh Guh Guh Guh Guh. Guh Guh Guh Guh Guh, Guh Guh Guh Guh Guh Guh Guh Guh Guh Guh Guh, Guh Guh Guh. Guh Guh Guh Guh Guh. Guh Guh Guh Guh Guh Guh Guh Guh Guh Guh Guh Guh! GUH. Guh Guh. GUH? Guh Guh Guh Guh Guh, Guh Guh Guh Guh Guh. Guh Guh Guh Guh Guh Guh.

Guh, Guh Guh Guh! Guh Guh.

Guh Guh Guh Guh Guh, Guh Guh Guh Guh Guh Guh Guh Guh Guh Guh Guh Guh Guh Guh Guh Guh. Guh Guh Guh.

KAPITEL 26

FREDDY HÄLT DEN ATEM AN

Freddy linste zwischen seinen Fingern hindurch. Der Zombie richtete sich wieder auf und hielt die fröhlich quiekende Frida in den Armen.

„Guh", sagte Rudi. Mehrere Pfeile steckten kreuz und quer in seinem Körper.

Rudi war Frida hinterhergestürzt und hatte sich auf sie geworfen. Er hatte mehrere Hundert Pfeile ausgelöst und war trotzdem am Leben geblieben. So lebendig wie ein Zombie eben sein kann. Was für eine wahnsinnige Heldentat hatte er hier vollbracht!

„Rudi!", rief Flo und rannte zu ihm. „Geht es dir gut?!"
„Guh", machte der Zombie und zog sich einen Pfeil aus dem Kopf. Er grinste.
Frida winkte glücklich mit dem kleinen Spielzeugauto. „Teddy", brabbelte sie und streckte ihre dicken Ärmchen nach Freddy aus. Er rannte zu ihr und drückte sie an sich.
„Meine kleine Frida!", seufzte er und konnte nicht fassen, wie knapp sie den Pfeilen entkommen war. „Ich glaube, sie hat gerade zum ersten Mal meinen Namen gesagt."
„Weiß nicht?" Flo zuckte mit den Schultern. „Ich habe Teddy verstanden und nicht Oberdoofnase."
„Po", brabbelte Frida und zeigte auf Flo.
„Sie hat dich Po genannt", lachte Freddy.
„Hat sie nicht."
„Po", sagte Frida noch mal.
„Ich fasse es nicht", sagte Flo und schlug sich gegen die Stirn. Sie schien zu ahnen, dass Freddy diesen neuen Spitznamen mit Begeisterung übernehmen würde. Und damit hatte sie verdammt recht.

Plötzlich hörte Freddy fremde Stimmen. „Ruhe!“, flüsterte er und drückte sich mit Frida dicht an die Wand. Auch die anderen gingen in Deckung.
In der nächsten Sekunde betraten drei Vampire den Raum. Freddy hoffte inständig, dass Poppys Tarnkappen wirklich funktionierten.
„Was ist denn hier los?“, fragte der eine Vampir die anderen beiden. „Wieso sind alle Pfeile ausgelöst worden?“
„Vielleicht ist wieder eine Taube reingeflogen“, vermutete der zweite. „So wie im Frühjahr.“
„Und wo ist die dann jetzt?“, fragte der dritte und sah sich misstrauisch um.
„Verdammt“, beschwerte sich der erste. „Jetzt müssen wir alle Pfeile wieder reinstecken. Ich hasse das!“
Freddy hielt die Luft an. Durch die Kappen schienen die Vampire sie zwar nicht sehen zu können, aber was war, wenn die Vampire hörten, wie sie atmeten oder so? Frida wand sich auf Freddys Arm wie ein Aal. Freddy schüttelte den Kopf und versuchte seine kleine Schwester dazu zu bringen, leise zu sein. Seine Kappe wackelte dabei hin und her. Frida schien das

sehr lustig zu finden. Sie streckte ihre kurzen Ärmchen aus und zog daran.
Blitzschnell griff Freddy nach der Kappe und schob sie sich wieder auf den Kopf. Frida quietschte verärgert. Die Vampire drehten sich alle gleichzeitig zu ihnen um.
„Was war das?“, fragte der erste.
Freddy starrte ängstlich und ratlos zu Flo hinüber. Was sollten sie nur tun? Geistesgegenwärtig gab Flo der Tür neben sich einen kleinen Stoß. Quietschend schwang sie zu.
„Nur der Wind“, winkte der zweite Vampirwächter ab.
„Alles in diesem alten Schloss ist morsch und zugig“, beschwerte sich Wächter Nummer drei.
„Vielleicht wurden die Pfeile auch vom Wind ausgelöst“, überlegte der erste.
„Ihr seid ja nur zu faul für einen ordentlichen Kontrollgang“, knurrte der dritte. „Lasst uns wenigstens noch bis in den Schlosshof gehen und nachsehen, ob wirklich niemand hier ist.“
„Wer sollte denn hier unten einbrechen?“, fragte der

zweite. „Die Leute sind doch nicht lebensmüde."
Trotzdem trotteten er und sein Kollege dem dritten Wächter murrend hinterher Richtung Ausgang.

„Wer hat vergessen, den Harpyiengang scharf zu schalten?", hörte Freddy den strengen Vampir rufen.

Er atmete tief durch. Fürs Erste schienen sie in Sicherheit zu sein.

KAPITEL 27

BETTINA HAT NICHT MEHR ALLE TASSEN IM SCHRANK

Bettina konnte es gar nicht abwarten, ihren geliebten Vigor wieder in die Arme zu schließen. Zugleich hoffte sie, den Rest des Abenteuers ohne weitere Fallen zu überstehen.

„Frau Lohmeyer, könntest du vielleicht mal den Kopf durch die nächste Tür stecken und nachsehen, was uns dort erwartet?“, fragte sie liebenswürdig.

„Steck du doch den Kopf durch die Tür“, maulte das Gespenst.

Nun gut. Wenn Frau Lohmeyer nicht helfen wollte, musste Bettina sich eben selbst etwas einfallen lassen. Da kam ihr auch schon die rettende Idee. Sie öffnete ihre Handtasche, schob die Haarbürste und ein Stofftaschentuch mit Spitze beiseite und fand, wonach sie gesucht hatte. Sie nahm einen Taschenspiegel heraus und öffnete die nächste Tür eine Handbreit. Vorsichtig schob sie den Spiegel durch den Spalt und drehte ihn in alle Richtungen.

„Die Luft ist rein“, versicherte Bettina den anderen und zog sich die Kappe vom Kopf. Sie befürchtete, von dem Gestank sonst noch in Ohnmacht zu fallen.

Tutti war der Nächste, der die Kappe absetzte, und einer nach dem anderen folgte seinem Beispiel.

Flo sammelte die Kappen ein. Nur Poppy wollte ihre nicht abgeben. „Die sieht toll aus und riecht gut“, sagte sie. „Ich will meine behalten.“

Bettina drückte die Tür auf und winkte den anderen, ihr zu folgen. Sie durchquerten den Raum und einen bogenförmigen Durchgang und sahen die ersten Gitterstäbe. Der Kerker!

In der ersten Zelle saß ein kleiner, dicker Vampir. Er

schaute von seiner Zeitung auf und starrte die Neuankömmlinge grimmig an. Bettinas Blick fiel auf die Titelseite vom **KOBOLDKURIER**: FINSTERE VIECHER GEWINNEN HALBFINALE stand dort in großen Buchstaben. Sie griff durch die Gitterstäbe nach der Zeitung und riss sie dem dicken Vampir aus der Hand.

„Hey!", beschwerte der sich. „Was soll das?"

„Seht nur!", rief Bettina den anderen zu und zeigte auf eine Zeichnung über dem Artikel. „Da ist Draculus! Er hat vorgestern Nacht mit den *Finsteren Viechern* den Sieg gefeiert. Er kann den Einbruch also gar nicht begangen haben! Er ist nicht der Dieb!"

Im nächsten Moment traf sie etwas am Kopf. Die Blumenelfe sackte auf die Knie und hielt sich die schmerzende Stirn. Ihr Kopf dröhnte wie verrückt. Was war passiert? Sie versuchte, einen klaren Gedanken zu fassen, aber ihr Gehirn fühlte sich an wie in Watte gepackt.

„Wo bin ich?", fragte Bettina.

Ein Junge, an den sie sich dunkel erinnern konnte, beugte sich zu ihr runter. Er hieß irgendwas mit F.

„Alles in Ordnung?“, fragte er.
„Ja, es geht schon, Ferdie“, sagte die Blumenelfe, kam wankend auf die Beine und schaute sich verwirrt um. Ein Emaillebecher kullerte auf dem Boden.
„Sag mal, ticken Sie nicht richtig?“, motzte das Mädchen einen kleinen, dicken Vampir an. „Sie können doch nicht mit einer Tasse nach ihr werfen!“
„Sie hat meine Zeitung geklaut!“, erwiderte der Gefangene.
„Warum sind wir hier?“, fragte Bettina und versuchte sich zu erinnern.
„Wir wollen Dr. Mortis finden“, erklärte ihr der Junge. Ja. Natürlich. Jetzt fiel es ihr wieder ein. Aber dieser dicke Vampir in der Zelle war nicht ihr Igor. Sie ging die nächsten Zellen ab. Drei waren leer. In der vierten saß ein Zwerg, der völlig betrunken grölte:

„Bolle reiste jüngst zu Pfingsten,
Nach Pankow war sein Ziel;
Da verlor er seinen Jüngsten
Janz plötzlich im Jewühl.“

„Haben Sie meinen Igor gesehen?", fragte Bettina den Zwerg. Doch der sang einfach weiter.

„'ne volle halbe Stunde
Hat er nach ihm jespürt.
Aber dennoch hat sich Bolle
Janz köstlich amüsiert."

„Pass ma uf, Freundchen", sagte Wolfgang Wütke, griff mit seiner riesigen Hand durch die Gitterstäbe und zog den Zwerg am Kragen zu sich heran. „Du jibst jetzte mal 'ne ordentliche Antwort, sonst zieh ick dir die Hammelbeene lang!"

„Ich kenne keinen Igor", stotterte der Zwerg. „Hier sind nur ich und die zwei Vampire. Der kleine dicke und der große da hinten."

Bettina rannte zur letzten Zelle. Tatsächlich! Da lag ihr Verlobter und schlief.

„Igor!", rief sie. „Wach auf, Geliebter!" Sie rüttelte an den Gitterstäben. Dr. Mortis seufzte tief im Schlaf.

„Was machen wir denn jetzt?", fragte Freddy hinter ihr. „Kannst du die Zellentür aufhexen, Poppy?"

„Nicht in einem Kerker.“ Das Hexenmädchen zuckte mit den Schultern.
„Das ist ein Job für uns“, sagte die kleine Heinzelfrau. „Hopp, hopp, Genossen!“ Ein kleiner Heinzelmann kletterte auf die Schultern eines anderen und nahm seinerseits wieder einen Heinzelmann huckepack. Ganz zum Schluss kletterte die Heinzelfrau bis ganz nach oben und zog einen Dietrich aus der Tasche. „Was glaubt ihr denn, wie wir überall reinkommen, um zu putzen und aufzuräumen?“, fragte sie neckisch. „Wir sind die besten Schlösserknacker der Welt.“
„Nächstes Mal sagt ihr einfach Bescheid“, sagte Tutti. „Dann heb ich euch hoch und ihr könnt euch die Akrobatennummer sparen.“
Die Heinzelfrau drehte den Dietrich im Schloss herum. Mit einem Klick öffnete sich die Tür.

Bettina stieß einen kleinen Freudenjuchzer aus und rannte in die Zelle. Blinzelnd kam Dr. Mortis zu sich. Erleichtert fiel sie ihm in die Arme. Endlich hatte sie ihn wieder!
„Was macht ihr denn hier?“, fragte er verwundert.
„Wir sind gekommen, um dich zu befreien!“, quäkte Frau Lohmeyer neben Bettinas Ohr. „Ich habe auch mitgeholfen!“
„Teddy, Po!“, brabbelte Frida.
„Ja, wir haben alle geholfen“, sagte Freddy und streichelte seiner kleinen Schwester über den Kopf.
„Könnt ihr mich vielleicht auch befreien?“, fragte der Zwerg. „Ich bin völlig zu Unrecht hier eingesperrt.“
„Kann ja jeda sag’n!“, motzte Wolfgang Wütke. „Wat machst du überhaupt hier? Dit is doch ’n Kerka für Vampire!“
„Ich hatte mich bei Draculus eingeschlichen“, gestand der Zwerg. „Ich wollte mal sehen, ob er wirklich so einen großen Weinkeller hat, wie alle immer behaupten. Und als ich den gefunden hatte, wollte ich natürlich auch ein bisschen von dem Wein kosten. Ich hatte gerade mal an der siebten Flasche genippt,

als Draculus mich erwischt hat. Und dann hat er mich einfach hier eingesperrt! Ohne Forseti oder Verteidigung!“

„Das ist ja supergemein“, sagte Freddy. „Wenn Sie versprechen, uns hier rauszuhelfen, werden wir Sie befreien.“ Er gab den Heinzelleuten ein Zeichen.

„Ich verspreche es!“, rief der Zwerg eilig.

Da hob Tutti die kleine Heinzelfrau zum Schloss rauf. Sie knackte es mit ihrem Dietrich und schon schwang die Tür auf.

„Kannst du uns sagen, wie wir hier rauskommen, ohne den Wächtern in die Arme zu laufen?“, fragte Poppy den Zwerg.

„Folgt mir!“, rief der kleine Kerl.

KAPITEL 28

FLO GREIFT AN

Der Zwerg brachte Flo, Freddy, Poppy und die anderen geradewegs zum Weinkeller. Von dort führte eine schmale Wendeltreppe nach oben.
„Über die Treppe kommt ihr am schnellsten nach draußen“, sagte der Zwerg. „Ihr müsst es nur unbemerkt durch Draculus’ Gemächer schaffen.“
„Danke.“ Freddy schaute auf seine Armbanduhr. „Draculus ist bestimmt längst unterwegs zur Hasenheide. Wir haben freie Bahn!“
„Wenn ihr nichts dagegen habt, würde ich mich hier … ähm … noch ein bisschen umsehen.“ Der Zwerg verschwand hinter einem der vielen Weinregale.

Flo und die anderen stiegen die schmalen, krummen Stufen hinauf und gelangten durch eine kleine Hintertür in einen riesigen Saal. Hier sah es aus wie in einem Märchenschloss! Edle dunkelrote Tapeten schmückten die Wände, an denen riesige goldgerahmte Ölgemälde hingen. Gewaltige Kronleuchter tauchten alles in ein feierliches Licht. Flo schritt die Bilder entlang und blieb vor einem stehen, das sich von den anderen unterschied. Der Vampir, der auf dem Gemälde abgebildet war, trug nämlich einen seidig glänzenden dunkelblauen Spitzhut. Er sah aus wie ein Zauberer.
„Das ist der Fürst der Walachei, Nicolai Karadja", erklärte Dr. Mortis. „Er hat das Amulett anfertigen lassen, das ich gestohlen haben soll. Seht ihr, auf dem Bild trägt er es sogar um den Hals."
Flo bestaunte den silbernen Anhänger mit dem roten Rubin.
„War Fürst Nicolai nicht sogar Gestaltwandler?", fragte Poppy.
„Ja, das stimmt", bestätigte Dr. Mortis. „Er wollte das eigentlich immer geheim halten, aber bei einem

Überfall von Geraldine van Swieten hatte er sich in einen Drachen verwandelt und die Vampirjägerin mit Feueratem angegriffen. Das hat sich dann doch rumgesprochen."

„Seine Eckzähne sind unterschiedlich lang", murmelte Flo. „Irgendwo habe ich das schon mal gesehen."

„Ich auch!", rief Freddy direkt neben ihr.

„Musst du mir so ins Ohr brüllen?", keifte Flo und stolperte ein paar Schritte rückwärts. Sie rumste gegen etwas Hartes. Flo drehte sich um und blickte auf einen honigbraunen Holzsarg. Er war mit einem schweren Vorhängeschloss verriegelt. Sehr merkwürdig!

Sie legte ihr Ohr auf das glatte Holz. Im selben Moment hämmerte jemand von innen dagegen. Flo kreischte vor Schreck auf und sprang zurück. „Da ist einer drin!", schrie sie.

Poppy, Freddy und Dr. Mortis stürzten auf sie zu.

„Alles in Ordnung?", rief Freddy.

„Ja, ja", sagte Flo. „Ich habe mich nur erschreckt." Es wummerte ein zweites Mal aus dem verschlossenen Sarg.

„Da is einer einjesperrt", stellte nun auch Wolfgang Wütke fest.
„Vielleicht sollten wir ihn befreien", schlug Tutti vor.
„Bloß nicht!", kreischte Frau Lohmeyer. „Wer weiß, was für eine finstere Kreatur da drin auf uns wartet!"
Im selben Moment hörte Flo im Nebenraum einen lauten Knall und das Klirren von Scherben. Sie rannte zur Tür und sah Kratzfuß, der mit einem eisernen Schürhaken die Glastür einer Vitrine eingeschlagen hatte. Er griff sich eine Kette mit strahlendem Anhänger und hängte sie sich um. Flo erkannte das magische Amulett wieder.
„Kratzfuß", sagte Dr. Mortis. „Wo willst du denn mit der Kette hin? Du willst doch nicht etwa deinen eigenen Herrn bestehlen?"
Der Diener wirbelte herum. „Was macht ihr denn hier?", rief er. „Für euch habe ich jetzt wirklich überhaupt keine Zeit." Im nächsten Moment hörte Flo ein unheimliches Kratzen. Es klang wie von Krallen, die über Steine wetzten. Und dann hörte sie ein lautes Flattern.
„Was zum Teufel ist das?", rief Freddy und zeigte auf

eine Schar Ungeheuer, die aus allen Richtungen auf sie zustürzten. Sie waren halb Fledermaus, halb Hund, hatten riesige Schwingen und lange, schillernde Schwanzfedern wie Pfauen.

„Das sind Simorghs. Die Wachhunde von Draculus!“ Kratzfuß lachte hoch und teuflisch. „Schnappt euch die Eindringlinge!“, befahl der Diener und zeigte auf Flo, Freddy und die anderen. Poppy hob mit ihrem Besen ab und ließ Mondblumen auf eines der Ungeheuer hinunterrieseln. Der Simorgh verdrehte die Augen und fiel schlafend auf die Seite.

„Was passiert da?“, rief Kratzfuß und starrte verwirrt in Poppys Richtung. Da fiel Flo wieder ein, dass Poppy ja immer noch ihre Tarnkappe trug und für den Vampir unsichtbar war.

Wolfgang Wütke verwandelte sich in einen Werwolf und verpasste einem der Fledermaushunde eine ordentliche Backpfeife.

Bettina Blütenreich brachte sich mit Frida auf dem Arm auf einem Tisch in Sicherheit.

Die Heinzelleute halfen Tutti, einen der Simorghs mit Verband zu umwickeln, und Rudi stürzte grölend auf ein weiteres Ungeheuer los. Es schnappte nach dem Kopf des Zombies, riss ihn vom Rumpf herunter und schleuderte ihn in eine Ecke. Hilflos ging Rudis Körper auf die Knie und tastete nach seinem Kopf. Einer der Fledermaushunde ließ sich von Poppys

Tarnkappe nicht täuschen. Er witterte das Hexenmädchen, sprang in die Höhe und schnappte nach ihr. Poppy fiel vom Besen, knallte auf den Boden und verlor ihre Kappe. Nun war sie sichtbar und dem Ungeheuer schutzlos ausgeliefert. Es sprang ihr auf die Brust und zwang sie knurrend, liegen zu bleiben.
Vier Simorghs hatten den Werwolf umzingelt und in eine Ecke gedrängt. Sie kläfften ihn an und fletschten ihre scharfen Zähne.
Frau Lohmeyer flog nur aufgeregt im Kreis herum und kreischte: „Was sollen wir nur tun? Was sollen wir nur tun?"
Flo sah aus dem Augenwinkel, wie Kratzfuß unauffällig den Rückzug antrat. „Der Diener will mit dem Amulett abhauen!", rief sie.
Dr. Mortis, der sich vor Schreck in eine Fledermaus verwandelt hatte, versuchte, Kratzfuß anzugreifen und die Kette mit seinen Krallen zu packen. Doch der Diener schlug nach der Fledermaus und schleuderte sie von sich.
„Na warte!", rief Freddy und stürzte auf Kratzfuß zu. Der sah ihn kommen und stieß seinerseits einen

schrillen Kampfschrei aus. Er packte Freddy an der Kehle, schleifte ihn ein paar Meter mit sich und drückte ihn gegen die Wand.

Flo konnte es nicht fassen! Wenn hier irgendjemand ihren kleinen Bruder würgen durfte, dann war das ja wohl sie selbst! Sie schaute sich um. Auf einer Kommode erspähte sie eine Perücke mit weißen Locken, ein Parfumfläschchen und eine silberne Puderdose. Flo schnappte sich Letztere und warf sie Kratzfuß gegen den Kopf. Die Dose sprang auf und eine riesige weiße Wolke stob heraus.

Kratzfuß nieste heftig und ließ dabei von Freddy ab, der auf den Boden rutschte und benommen liegen blieb. Orientierungslos wirbelte der Diener in der Puderwolke herum und suchte nach seinem Opfer. Seine knochigen Hände landeten bei Rudi, der es gerade geschafft hatte, seinen Kopf wieder aufzusetzen. „Guh“, machte er. Ihm schien es nichts auszumachen, dass Kratzfuß seine spitzen Zähne in seinen Hals gebohrt hatte. Im Gegenteil, sein Guh klang, als würde es ihm gefallen.

Der Diener ächzte und spuckte aus. „Bäh! Was war

das?“, rief er. „Das schmeckt ja wie vergammeltes Hundefutter!“

Flo rannte zu dem Tisch, auf dem sich Bettina mit Frida in Sicherheit gebracht hatte, schnappte sich einen der schweren Stühle und warf ihn in die Richtung des Dieners.

Kratzfuß sprang zur Seite. „Leider habe ich für eure Albernheiten keine Zeit mehr“, rief er. „Ich muss los. Aber ich wünsche euch noch viel Spaß mit meinen Freunden.“ Er wirbelte um seine eigene Achse. Im nächsten Moment war Kratzfuß verschwunden. An seiner Stelle spannte ein Riesenvogel seine mächtigen Schwingen auf und schoss durch ein offenes Fenster hinaus.

„Was zum Teufel …“, keuchte Flo. „Können Vampire sich auch in Vögel verwandeln?“

„Nicht dass ich wüsste“, erwiderte Dr. Mortis. „Normalerweise nur in Fledermäuse.“

„Leute!“, rief Freddy und versuchte, Flos Aufmerksamkeit wieder auf das Kampfgeschehen zu lenken. „Die Fledermaushunde kommen immer näher!“

Im nächsten Moment sah Flo, wie einer der Simorghs zum Sprung auf Freddy ansetzte. Freddy kniff die Augen zusammen und schlug schützend die Arme vors Gesicht.

KAPITEL 29

FREDDY REIST UM DIE WELT

Als Freddy die Augen wieder aufschlug, schaute er sich verwundert um. Das Schloss war verschwunden. Genau wie die merkwürdigen Fledermaushunde mit den Pfauenfedern am Po. Stattdessen sah er nur Bäume. Rot und riesig. Die Stämme hatten einen Durchmesser von mindestens sechs Metern. Zwischen den Baumwipfeln blitzten ein paar Sonnenstrahlen durch.
Er sah sich nach den anderen um. Zum Glück waren alle da. „Was ist passiert?“, fragte er.

„Sieht aus, als wären wir im Land der Riesen gelandet", quäkte Frau Lohmeyer.
„Ich habe uns aus Draculus' Schloss wegteleportiert", erklärte Poppy.
„Wat?", fragte Wolfgang Wütke. „Wir sin zwei Stunden zu dem Schloss hinjelofen und du hättest uns da einfach hinteleportieren können?"
„Nein", erwiderte Poppy. „Ich kann nicht *hin*teleportieren. Nur *weg*teleportieren. Siehst du? So!" Das Hexenmädchen schwang den Zauberstab und im nächsten Moment standen sie an einer windigen Küste. Es sah aus wie am Atlantik.
„Aber wir müssen doch zurück!", jammerte Freddy. „Wir müssen die Wahl von Draculus verhindern. Du musst uns nach Berlin teleportieren."
„Kann ich doch nicht", sagte Poppy.
„Wie jetz? Du kannst nich beeinfluss'n, wohin wir wegteleportiert werden?", fragte der Werwolf.
„Nein", sagte Poppy und schwang wieder ihren Zauberstab. „Dann wäre es ja hinteleportieren."
Mit einem Mal sah Freddy gelben Sand, so weit das Auge reichte. Die Sonne brannte ihm auf den Kopf

und er begann sofort zu schwitzen. „Sieht so aus, als wären wir in der Wüste gelandet“, sagte er.
„Ist doch nice hier“, schwärmte Tutti und machte einen Schnee-Engel im Sand.
„Guh“, machte Rudi und plumpste auf seinen Po.
Frida begann jedoch zu weinen. Sie fühlte sich gar nicht wohl. Freddy nahm sie auf den Arm und versuchte, sie mit seiner Hand vor der Sonne zu schützen. „Dann musst du uns halt einfach so oft wegteleportieren, bis wir wieder zu Hause sind“, schlug er vor.
„Das klingt so bescheuert, das könnte sogar klappen“, bemerkte Flo.
Beim nächsten Schwung von Poppys Zauberstab standen sie mitten auf dem Times Square in New York. Auf der berühmten Straße mit den riesigen Leuchtreklamen wimmelte es von Touristen.

„Das kann ja ewig dauern!“, quäkte Frau Lohmeyer. „Es gibt doch Millionen Orte auf der Welt!“

„Ich kann mich nur dahin wegteleportieren, wo ich schon mal war!“, schrie Poppy zurück. Im nächsten Moment landeten sie vor dem Dornröschenschloss in Disneyland. Eine Minnie und eine Micky Maus kamen herbei und wollten Freddy die Hand schütteln. Frida quietschte begeistert.

„Du warst mal in Disneyland?“, fragte Flo und sah das Hexenmädchen ungläubig an.
„Ja. Als ich noch klein war“, winkte Poppy ab.
Im nächsten Moment standen sie im australischen Outback.
„Du warst aber schon ganz schön viel unterwegs in der Welt“, staunte Frau Lohmeyer.
Poppy schwenkte wieder ihren Zauberstab.
„Aber selbst wenn es uns irgendwann zufällig nach Berlin verschlägt – sollen wir einfach mit Dr. Mortis bei der Wahl aufkreuzen?“, überlegte Flo. „Wir haben doch noch gar nicht seine Unschuld bewiesen. Im Moment ist er nur ein entflohener Gefangener.“ Flo lehnte sich gegen eine Mauer, die sich bis zum Horizont schlängelte. „Wow! Poppy! Warst du etwa auch in China?“
„Wenn Draculus das Amulett nicht geklaut und es Dr. Mortis untergejubelt hat, wer war es denn dann?“, fragte Tutti.
„Vielleicht dieser Kratzfuß?“, überlegte Freddy laut. „Nach der Aktion eben würde ich ihm so ziemlich alles zutrauen!“

„Aber was hätte er davon?“, wollte Tutti als Nächstes wissen.
„Gute Frage“, erwiderte Freddy. „Und wieso kann er sich in einen Riesenvogel verwandeln?“
Im nächsten Moment landeten sie auf dem Tafelberg in Südafrika. Dr. Mortis ergriff Bettinas Hand, denn die Blumenelfe stand gefährlich nah am Abhang.
„Könnte es sein, dass Kratzfuß auch ein Gestaltwandler ist? Also ein Gestaltwandler-Vampir?“, fragte Flo.
„Soweit ich weiß, gab es nur einen einzigen Gestaltwandler-Vampir“, erklärte Dr. Mortis. „Und das war Fürst Nicolai Karadja. Der Schöpfer des Amuletts.“
„Der Zauberer vom Gemälde“, murmelte Flo.
„Kannste wirklich nich beeinflussen, wo wir hinteleportiert werden, Poppy?“, fragte Wolfgang Wütke genervt. Er stand bis zu den Knien im türkisblauen Wasser vor einer Südseeinsel.
„Leider nicht“, behauptete das Hexenmädchen weiterhin. „Ich teleportiere uns ja auch nicht hin, sondern weg.“

Poppy schwang den Zauberstab wieder und wieder. Freddy sah den Big Ben in London, den Berliner Fernsehturm, das Kolosseum in Rom …
„Poppy!“, schrie Freddy. „Wir haben Berlin verpasst! Da war doch gerade der Fernsehturm!“
„Ups“, machte das Hexenmädchen und hob entschuldigend die Schultern.
Freddy zermarterte sich das Hirn. Irgendetwas übersah er. Aber er konnte sich bei den vielen Ortswechseln, die sie mit jedem Schwung von Poppys Zauberstab vollzogen, einfach nicht konzentrieren.
Im nächsten Moment standen sie am Ufer des Nils. Ein riesiger Alligator lag im grauen Schlamm und riss sein Maul auf. Zwei Reihen spitzer Zähne blinkten Freddy entgegen.
Auf einmal wusste er wieder, wo er die Zähne des Zauberers schon mal gesehen hatte. Bei der dritten Bewerberin um den Sitz im Hohen Rat! „Erna Eddems hat auch zwei verschieden lange Eckzähne! Genau wie Fürst Nicolai!“, rief er.
„Stimmt“, sagte Flo. „Ihre Zähne sind mir damals auch aufgefallen.“

„Und Nicolai und Erna haben noch was gemeinsam", fuhr Freddy fort. „Sie kommen beide aus der Wallarei."

„Walachei", sagte Dr. Mortis.

„Und jetzt glaubst du …", begann Flo.

„… dass Erna Eddems und Fürst Nicolai miteinander verwandt sind", schloss Freddy.

„Erna Eddems ist eine Nachfahrin von Fürst Nicolai und Casandra?!", rief Poppy. „Wenn das stimmt, ist Erna auch eine Gestaltwandler-Vampirin und kann ihr Aussehen verändern!"

„Kratzfuß und Erna sind beide Gestaltwandler?", fragte Bettina verwirrt.

„Nein", sagte Freddy. „Das war nicht der echte Kratzfuß, den wir im Schloss gesehen haben."

„Das war Erna!", ergänzte Flo.

„Dann hat sie sich bestimmt auch in Vigor verwandelt", sagte Poppy und schwang den Zauberstab erneut. „Als sie das Amulett gestohlen hat."

„Sie war auf jeden Fall auch im Fitnesscenter", fiel Dr. Mortis wieder ein und zog seinen Umhang enger um

sich. Sie waren auf einem schneebedeckten Berggipfel gelandet. „Ich bin ihr in der Umkleide begegnet."
„Da hat sie auch deinen Becher gestohlen!", rief Flo.
„Und ihn bei der Vitrine mit den Preisen platziert. Sie wollte, dass alle denken, du wärst der Dieb."
„Dann war es ihre Riesenvogelgestalt, die ich in der Nacht gesehen habe, in der mir Flo den Kopf rasieren wollte!", rief Freddy.
„Aber wo ist dann der echte Kratzfuß?", fragte Frau Lohmeyer. „Erna kann doch nicht riskieren, dass zwei von derselben Sorte herumlaufen!"
„Der war bestimmt im Sarg eingesperrt!", rief Tutti.
„Das ist mir auch schon mal passiert."
„Wir müssen ihn befreien!", rief Vigor.
„Ja, aber zuerst müssen Sie diese Wahl gewinnen!", sagte Freddy energisch.
Poppy teleportierte sie in einen feuchten Regenwald.
„Okay, nehmen wir mal an, Erna wäre es gelungen, Dr. Mortis als Mitbewerber auszuschalten", sagte Flo und fuchtelte mit den Händen Moskitos weg. „Was ist mit Draculus? Der würde bei der Wahl doch wahrscheinlich das Rennen machen!"

„Es sei denn, sie verwandelt ihn mit dem Amulett in einen Menschen“, wandte Poppy ein. „Dann gäbe es keinen Konkurrenten mehr und der Sitz im Hohen Rat wäre ihr sicher.“ Poppy schwang wieder ihren Zauberstab. Eine riesige Jesus-Statue ragte vor ihnen auf.

„Brasilien, Poppy?“, fragte Flo. „Ernsthaft?“

„Wenn Erna wirklich vorhat, Draculus zu schaden“, rief Dr. Mortis, „dann müssen wir ihn warnen!“

Beim nächsten Schwung von Poppys Zauberstab las Freddy *Zoologischer Garten* auf einem weißen Schild mit schwarzer Schrift. „Halt!“, schrie er. „Wir sind wieder in Berlin!“

Poppy griff blitzschnell an die Spitze ihres Zauberstabs und verhinderte in letzter Sekunde, dass sie an den nächsten Ort teleportiert wurden.

Freddy schaute sich um. Die Sonne stand tief über dem Horizont. „Wir können es noch schaffen!“, rief er. „Aber wir müssen uns beeilen!“

Sie stiegen in die einfahrende S-Bahn.

„Po“, sagte Frida und streckte die Ärmchen nach ihrer großen Schwester aus.

„Wir können sie auf keinen Fall mit in die Hasenheide nehmen“, sagte Freddy. „Sie ist doch total als kleiner Mensch zu erkennen, und wenn wir sie schon wieder verhexen, drehen Papa und Ulrike völlig am Rad. Außerdem ist es supergefährlich, wenn wir gegen Erna kämpfen müssen. Wer weiß, in was sie sich noch alles verwandeln kann.“
„Du hast recht“, sagte Flo. „Frida hat für einen Abend genug Gefahren ausgestanden. Und ich hab auch schon eine gute Idee, wo wir sie hinbringen können. Wir müssen nur einen kurzen Zwischenstopp einlegen.“
„Bei Kathi?“, fragte Freddy.
„Nein, die ist auf einem Konzert“, erwiderte Flo. „Aber ich habe einen guten Plan B.“
Flo drückte auf die Klingel mit der Aufschrift „Lanz“. Nichts geschah. Sie drückte noch mal und noch mal.

Endlich meldete sich ein verpeilter Luca über die Gegensprechanlage.

„Ich bin es, Flo“, sagte sie und sofort ertönte der Summer. Sie eilten die Treppe hinauf.
Luca stand in der Wohnungstür mit dem Controller seiner Spielkonsole in der Hand. Er sah so aus, als hätte er die letzten zwölf Stunden gezockt.
Flo beschloss offenbar, die Überrumpelungstaktik ihres Vaters anzuwenden. „Hier. Ein Baby“, sagte sie zu Luca.
„Ist es … ist es von mir?“, fragte Luca und schaute verwundert auf das blondgelockte kleine Mädchen.
„Man bekommt Babys nicht vom Tanzen“, sagte Freddy. „Und erst recht nicht über Nacht. Soll ich dir erklären, wie das mit dem Kinderkriegen geht?“
Luca verzog keine Miene. Dann sagte er trocken: „Das war ein Scherz, Kurzer!“
„Haha, sehr witzig“, sagte Flo. „Das ist Frida. Unsere kleine Schwester. Wir holen sie in ein, zwei Stunden wieder ab. Das ist doch kein Problem, oder? Du kannst dir ja von deinen Eltern helfen lassen.“
„Die sind im Kino“, sagte Luca und nahm verdattert den Fleischknödel ohne Körperspannung entgegen, den Flo ihm einfach in die Arme drückte.

„Ich schulde dir was. Du bist der Beste!", sagte Flo, packte Freddy bei der Hand und zerrte ihn die Treppe runter.

„Aber ich weiß gar nicht …", hörten sie Luca noch rufen, doch da waren sie schon zur Tür hinaus und zurück auf der Straße.

„Das war aber nicht sehr nett", sagte Freddy.

„Ich habe dem Zwerg gerade das Leben gerettet", sagte Flo.

„Das werden wir ja noch sehen", entgegnete Freddy. „Luca schafft das schon."

„Klar, er ist ja der Beste!"

„Fang nicht wieder damit an", drohte Flo. „Sonst hol ich den Rasierer noch mal raus."

„Als ob!"

KAPITEL 30

FREDDY WIRFT SICH IN DEN KAMPF

Als Freddy, Flo und die anderen die Treppen von der U-Bahn-Station am Hermannplatz hinaufgestiegen waren, suchte Freddy sofort nach der Sonne. Sie verschwand schon hinter den Häusern.

„Das schaffen wir nicht mehr!", rief er verzweifelt.

„Jedenfalls nicht zu Fuß", sagte Poppy. „Freddy und Flo, steigt auf! Ich fliege euch auf meinem Besen hin! Vigor, folge uns!"

„Passen wir zu dritt auf deinen Pocketbesen?", fragte Freddy ungläubig.

„Ich kann ihn doch größer hexen", erwiderte Poppy.
„Ernsthaft?", meinte Flo bloß.
„Wohin wollt ihr denn?", fragte Bettina.
„Könn' wir ihr nich noch mal eens uf'n Deckel jeben?", fragte Wolfgang Wütke. „Dit letzte Mal ist sie davon doch voll schlau jeworden."
„Was!?", rief der Vampir. „Nein! Ihr dürft ihr nicht wehtun! Außerdem liebe ich sie genau so, wie sie ist. Charmant und schusslig. Einfach hinreißend!" Freddy und Flo stiegen auf Poppys Besen und schon flogen sie hoch in die Luft. Dr. Mortis folgte ihnen in seiner Fledermausgestalt. Sie düsten über die Hasenheide bis zum Freiluftkino, wo die Wahl stattfand.
Aus der Luft erkannte Poppy hinter der großen Leinwand Isabella und die anderen beiden Kandidaten. Die Oberhexe steckte sich vor einem großen goldenen Standspiegel die letzten schwarzen Strähnen mit ein paar goldenen Haarklammern fest. Währenddessen schlich Erna Eddems in Gestalt von Kratzfuß auf Draculus zu, der mit dem Rücken zu ihr auf einem Stuhl mit hoher Lehne saß. Er warf sich ein paar Lakritzvampire in den Mund.

„Poppy, sieh nur!“, rief Freddy und zeigte auf das Amulett, das in der Hand der verwandelten Erna glitzerte. Das Hexenmädchen setzte zum Sturzflug an. Sie mussten Draculus erreichen, bevor es zu spät war! Poppy krachte genau zwischen den Vampirlord und den falschen Kratzfuß und riss die beiden zu Boden.

„Was ist denn hier los?“, rief Draculus empört.

„Er wollte Sie überfallen!“, sagte Freddy und zeigte auf Kratzfuß.

„Wieso sollte mein unterbelichteter Diener mich überfallen?“, wunderte sich Draculus. Er erhob sich ächzend.

In diesem Moment tauchte die Oberhexe Isabella auf.

„Was ist das für ein Lärm?“, fragte sie. „Was hat Kratzfuß getan?“

„Das ist nicht Kratzfuß!“, rief Freddy.

„Ach nein? Wer soll es denn sonst sein?“, fragte Draculus verächtlich.

Poppy zückte ihren Zauberstab.

„Erna spielt uns Kratzfuß vor,
Indem sie ihre Kunst beschwor.
Wir lassen uns nicht leimen,
Auch nicht im Geheimen.
Die wahre Gestalt woll'n wir erkennen
Und sie beim richt'gen Namen nennen."

Kratzfuß verwandelte sich wirbelnd in die alte Vampirdame mit den lila-weißen Locken zurück.
„Erna!", rief die Oberhexe schockiert. „Du bist das!"
Die Vampirdame strich ihren Rock glatt, richtete ihre Locken und starrte die Oberhexe an. „Ganz recht, Isabella. Ich bin es."
„Was soll das falsche Spiel?", fragte die Oberhexe streng. „Du weißt, dass es Gestaltwandlern *bei Strafe* verboten ist, ihre Gabe einzusetzen, um andere arglistig zu täuschen!"
„Pah! Täuschung! Arglist!", lachte Erna grimmig. „*Helfen* wollte ich! Helfen, die *wahren Feinde* der magischen Welt zu bekämpfen!"
„Ach, und wer soll das deiner Meinung nach sein?", fragte Isabella kühl.

Erna machte einen Schritt auf Freddy zu und bohrte ihm ihren knöchrigen Zeigefinger in die Brust. „Die da!“, fauchte sie. „Die Menschen!“

„Finger weg!“, zischte Flo und schlug Ernas Hand weg.

„Dann stecken wirklich Sie hinter meiner Verhaftung!“, rief Dr. Mortis. Er war soeben gelandet und hatte sich in einen Vampir zurückverwandelt. „Sie haben das Amulett in meiner Gestalt aus dem *Fit-By-Night* gestohlen und dafür gesorgt, dass man es bei mir findet. Damit ich Ihnen bei der Wahl nicht in die Quere komme!“

„Weil Sie ein erbärmlicher Kandidat sind, Mortis“, sagte Erna verächtlich. „Ein Verräter, der sich mit *Menschen* herumtreibt. So jemand wie Sie sollte nicht im Hohen Rat sitzen. Das wäre das Ende der magischen Welt.“

„Da stimme ich Ihnen ausnahmsweise zu“, sagte Draculus.

„Und dann wollten Sie Draculus in einen Menschen verwandeln“, sagte Freddy. „Und damit den zweiten Kandidaten aus dem Weg räumen.“

„Bitte was?“, fragte Draculus erbost.
„Und das wäre mir auch gelungen, wenn ihr Bälger und Mortis mir nicht dazwischengefunkt hättet!“, rief Erna. „Ihr elenden Verräter!“, schrie sie und ging auf Dr. Mortis los. Sie warf sich auf den Vampir und versuchte, ihm das Amulett auf die Stirn zu drücken.
Flo griff Erna am Handgelenk und warf sie über die Hüfte zu Boden. Gleichzeitig versuchte Freddy, sich das Amulett zu schnappen. Er riss an der Kette. Der Anhänger schwang einmal vor und wieder zurück und traf die Vampirdame genau an der Stirn.

Erna Eddems begann augenblicklich zu altern. Die lila-weißen Locken fielen zu schlaffen, grauen Strähnen herab. In ihre Haut gruben sich tiefe Falten und ihre strahlenden Augen wurden stumpf. Mit einem Ächzen richtete sie sich auf.
„Was ist passiert?“, krächzte Erna. „Mir tut alles weh. Ich bin so müde.“

„Du bist jetzt ein Mensch", sagte Poppy.

„Was?!", kreischte Erna und humpelte zu Isabellas Spiegel. Voller Entsetzen starrte sie auf ihr runzliges Spiegelbild. Panisch fuhr sie sich über das mit

braunen Altersflecken übersäte Gesicht und die grauen Haare. „Ich kann mich sehen!“, schrie sie. „Ich kann mich sehen!“

„Ja“, bestätigte Freddy. „Menschen haben ein Spiegelbild.“

„Aber nicht alle so ein hässliches“, meinte Flo trocken.

„Das kann nicht sein!“, schrie Erna. „Das muss man doch wieder rückgängig machen können!“ Sie griff nach dem Amulett. Es war nicht mehr silbern, sondern eisengrau. Der funkelnd rote Rubin in der Mitte war schwarz geworden. Sie drückte sich den Anhänger gegen die Stirn und hoffte wohl, den Zauber wieder umkehren zu können. Aber nichts geschah.

„Bitte, Vigor!“, flehte Erna und warf sich zu seinen Füßen auf den Boden. „Kannst du mich bitte beißen? Verwandle mich zurück! Ich kann es nicht ertragen, sterblich zu sein!“

„Na ja …“, überlegte Dr. Mortis und schaute auf die fast schon bemitleidenswerte alte Dame herunter.

„Auf keinen Fall“, mischte sich nun Isabella ein.

„Deine Verwandlung ist die gerechte Strafe für deine boshaften Pläne. Du bist natürlich von der Wahl ausgeschlossen. Geh nach Hause und überlege dir, was du mit den Jahren, die dir noch bleiben, Nützliches anstellen kannst."

Beschämt stand Erna auf und schlich mit gesenktem Kopf davon.

KAPITEL 31

POPPY KOMMT DIE ERLEUCHTUNG

Poppy zuckte zusammen, als plötzlich ein lauter Gong ertönte.

Isabella schaute zum Horizont. Die Sonne war untergegangen. „Es ist Zeit. Wir haben zu wählen“, sprach sie. „Da nun Erna Eddems eindeutig als Diebin des Amuletts überführt werden konnte, ist Vigors Unschuld bewiesen und er darf an der Wahl teilnehmen.“

„Was?!“, rief Draculus. „Du kannst der magischen Welt nicht zumuten, dass er an die Macht kommt!“

„Ohne ihn und seine Freunde wärst du jetzt vermutlich ein runzliger Mensch, Draculus“, schnitt Isabella ihm das Wort ab. „Vielleicht zeigst du dich mal ein bisschen erkenntlich. Vigor kann mitmachen und dabei bleibt es!“

„Ich soll dankbar sein?“, höhnte Draculus. „Wofür denn? Ich hatte keine Hilfe nötig, weder von Vigor Mortis noch von ein paar dahergelaufenen Menschenkindern!“

„Das sah für mich aber ganz anders aus“, sagte Isabella und beugte sich zu Freddy und Flo herunter. „Ihr versteckt euch vielleicht besser hier hinten“, flüsterte sie. „Diese Versammlung ist eigentlich kein Ort für euch.“

Sie ging um die Leinwand herum und betrat die Bühne.

Poppy linste hinter dem Vorhang hervor und warf einen Blick auf die Leute, die sich vor der Leinwand versammelt hatten. Im hellen Mondlicht erkannte sie Zauberer, Dschinnen, Hexen, Werwölfe, jede Menge Vampire, Kobolde und Gnome. Zu guter Letzt sah Poppy auch Wolfgang Wütke und die anderen durch das Tor zum Freiluftkino kommen. Sie alle hatten es noch rechtzeitig zur Wahl geschafft!

„Ich präsentiere euch die Kandidaten zur heutigen Wahl!“, rief Isabella und winkte Draculus und Dr. Mortis zu sich.

Als Vigor nach vorn trat, jubelte die Menge los.

„Wow! Damit hätte ich nicht gerechnet“, flüsterte Poppy, als Freddy und Flo sich zu ihr an den Rand der Bühne schlichen.

„Die haben alle unser Wahlkampfvideo gesehen!“, verkündete Freddy stolz.

„Über dreitausend Likes auf FInstagram!“, rief Flo und hielt Poppy ihr Handy unter die Nase.

„Ist ja irre!“, freute sich Poppy und ließ den Blick über die jubelnde Menge schweifen. „Seine Ideen scheinen doch zu überzeugen. Da bin ich aber erleichtert!“

„Ich habe an euch alle verschiedenfarbige Blüten verteilt“, erklärte Isabella. „Die roten Blüten stehen für Draculus von Minckwitz und die weißen für Dr. Vigor Mortis. Erna Eddems wurde von der Wahl ausgeschlossen. Sie hat nicht nur versucht, unserem allseits verehrten Dr. Mortis ein Verbrechen anzuhängen. Sie hat zudem eben hinter der Bühne Draculus von Minckwitz angegriffen. Zum Glück haben Vigor und seine Freunde das Schlimmste verhindert."

„Vigor! Vigor!", riefen alle im Chor und klatschten im Rhythmus.

„Sie feiern ihn wie einen Helden", staunte Freddy.

„Ich bitte euch nun, nach vorn zu kommen und die Blüten in eines dieser beiden Gefäße zu werfen." Sie deutete auf zwei hohe, schlanke Glasbehälter.

Unter den strengen Blicken der Forseti, die die Gefäße bewachten, füllten sich die Gläser langsam mit den Blüten. Kurz sah es so aus, als hielten sich die weißen und roten Blüten die Waage, aber am Ende war das Glas von Dr. Mortis eindeutig voller.

„Das haben wir richtig gut gemacht", sagte Poppy strahlend und klatschte sich mit Freddy und Flo ab.

„Mein lieber Vigor", sagte Isabella. „Ich möchte dich zu deiner Wahl beglückwünschen. Willkommen im Hohen Rat."

„Vielen Dank", sagte Vigor Mortis. „Ich bin so stolz

und gerührt. Ich werde das Vertrauen, das ihr alle in mich setzt, niemals enttäuschen."

„Das wird nicht die letzte Wahl gewesen sein", knurrte Draculus und verschwand mit wehendem Mantel in der Menge.

Dr. Mortis kam wieder hinter die Bühne. Poppy und die Kinder liefen zu ihm.

„Gratuliere, Vigor!", rief Poppy.

„Das haben Sie toll gemacht!", sagte Freddy und schüttelte dem Vampir die Hand. „Der böse Draculus hat verloren, Sie können Bettina heiraten und wir können alle zusammen in unserer kunterbunten Hausgemeinschaft wohnen bleiben."

„Ohne euch Kinder hätte ich das niemals geschafft", sagte Dr. Mortis. „Vielen Dank, ihr beiden! Und dir natürlich auch, meine liebe Populonia. Ich verdanke euch einfach alles!"

„Wo warst du denn jetzt eigentlich in der Nacht des Einbruchs?", fragte Poppy.

„Das kann ich euch zeigen! Kommt mit!" Dr. Mortis drängelte sich durch die Menge, die ihn beklatschte und lauthals feierte. Doch Vigor hatte nur Augen für seine Bettina. Er nahm die Hand der schönen Blumenelfe und flüsterte ihr etwas ins Ohr. Dann zog er sie mit sich und winkte Poppy, Freddy und Flo, ihm zu folgen. Er führte sie durchs Tor bis zu einer grünen Wiese, die zu einem sanften Hügel anstieg. Auf dem Hügel waren Hunderte bunter Blumen gepflanzt. Rote Rosen bildeten ein Herz, das mit weißen Margeriten gefüllt war. In dem Herzen stand mit blauen Kornblumen: *B&V 4ever*.

„Was heißt das?", fragte Bettina.

„Da steht: Bettina und Vigor forever", erklärte Dr. Mortis. „Es heißt, dass ich dich für immer lieben werde und wir bis in alle Ewigkeit zusammengehören."

„Ich liebe dich auch", flüsterte Bettina und küsste den Vampir.

Poppy sah zu Freddy rüber, der ein Froschgesicht machte und die Augen aufriss. Sie schlug sich die Hand auf den Mund, um nicht laut loszuprusten. Freddy sah so ulkig aus! Er fühlte sich bei so viel Romantik anscheinend nicht sehr wohl.

„Kommt schon, ihr zwei", sagte Flo zu Freddy und

Poppy. „Lassen wir die beiden Turteltäubchen allein. Ich will nach Hause und duschen. Dieser Tag war viel zu lang für meinen Geschmack."

„Also von mir aus könnte er noch ewig weitergehen", meinte Freddy. „Von Abenteuern krieg ich einfach nie genug!"

„Morgen, Freddy", gähnte Poppy. „Morgen ist auch noch ein Tag. Versprochen!"

KAPITEL 32

FLO KRIEGT ÄRGER

Flo und Freddy stapften die Treppe in den dritten Stock hinauf. Oben angekommen, klingelte Flos Smartphone. Im selben Moment riss ihr Papa die Wohnungstür auf.

„Alter, Papa!“, rief Flo. „Musst du mich so erschrecken?“

„Wo wart ihr?“, rief Papa. „Und wo ist das Baby?“

„Welches Baby?“, fragte Freddy zurück und streifte sich die verdreckten Schuhe ab. „Du glaubst nicht, was uns heute alles passiert ist! Wir waren auf der Landstraße unterwegs, dann ist uns das Benzin ausgegangen und wir mussten zwei Stunden laufen.

Zum Glück konnte Poppy uns auf dem Rückweg wegteleportieren. Allerdings hat es trotzdem ewig gedauert, bis wir wieder in Berlin angekommen waren."
„Wo ist Frida?", schrie Papa nun fast.
„Ach so", sagte Freddy. „Die haben wir nicht."
„Das sehe ich. Aber wer hat sie dann?"
„Die ist bei Luca", sagte Freddy.
„Auweia!" Flo schlug sich erschrocken die Hand vor den Mund. „Frida haben wir ja komplett vergessen! Hoffentlich hat das gut geklappt."
„Bei Luca?", rief Papa. „Welcher Luca?"
„Na, der Junge, mit dem Flo getanzt hat", sagte Freddy.
„Ach der! Ja, klar!", meinte Papa ironisch. „Ihr könnt doch Frida nicht einfach bei einem wildfremden Jungen lassen, nur weil der gut tanzen kann!"
„So gut tanzt der gar nicht", sagte Freddy.
„Luca ist nicht fremd", entgegnete Flo. Sie verstand nicht, warum sich Papa so aufregte. „Er geht doch in meine Klasse."
„Ja, super!", rief Papa. „Dann lassen wir Frida jetzt

einfach immer bei irgendeinem deiner Klassenkameraden!“

„Du hast sie uns einfach in die Arme gedrückt und bist weg“, verteidigte sich Flo.

„Weil ich dachte, dass ich mich auf euch verlassen kann!“, rief Papa. „Wieso habt ihr denn nicht auf Frida aufgepasst?“

„Wir konnten sie nicht mitnehmen“, erklärte Freddy. „Das wäre viel zu gefährlich für sie gewesen.“

„Gefährlich?!“, schrie Papa. „Wieso gefährlich?! Ich dachte, ihr geht in den Zoo oder ins Freibad!“

„Na ja …“ Flo überlegte fieberhaft. Die Story mit Dr. Mortis’ Wahl wollte sie nicht bringen, sonst hätte ihnen Papa in Zukunft womöglich verboten, mit ihren magischen Freunden abzuhängen. „Wir … wir waren in einem mittelalterlichen Kerker“, sagte Flo ausweichend. „Und da hätte Frida beinahe einen Pfeil abbekommen.“

„Einen Pfeil?“ Papa standen inzwischen Schweißperlen auf der Stirn.

„Ja, der hätte sich fast durch ihren Kopf gebohrt“, bestätigte Freddy.

Papa fiel auf die Knie. Er benahm sich wirklich albern. So melodramatisch. Sie hatten Frida sicher bei Luca untergebracht, statt sie zum Kampf gegen eine irre Vampiroma mitzunehmen. Papa hätte echt mal ein bisschen dankbar sein können.

„Ihr habt beide bis ans Ende eures Lebens Hausarrest. Geht auf eure Zimmer!", befahl er. Dann besann er sich anscheinend eines Besseren „Nein!", rief er sie zurück. „Flo, du musst Luca anrufen und fragen, ob alles okay ist!"

„Nicht nötig, Mr. F." Ein grinsender Luca kam die Treppe heraufgestapft. In einer Babytrage vor seinem Bauch hing die friedlich schlafende Frida.

„Luca!", rief Flo und fiel ihm um den Hals. „Da bist du ja!"

„Ein Foto fürs Familienalbum", witzelte Freddy und zückte das Handy seiner Schwester. Luca und Flo warfen sich mit Babytrage in Pose und Freddy nahm ein Foto auf.

Papa zog ungeduldig die schlafende Frida aus der Trage. Sie seufzte leise, schlief aber weiter. Er drehte und wendete sie und besah sie von allen Seiten. Was dachte er denn, was passieren würde? Luca war doch kein unzuverlässiger Irrer! Sie hatten Frida bei dem zweitbesten Menschen abgegeben, der Flo auf die Schnelle eingefallen war. Alternativ hätte Papa sich auch gern selbst um seine Tochter kümmern können! Aber nein! Er wollte ja unbedingt allein ins Krankenhaus zu seiner Freundin.

„Was ist eigentlich mit Ulrike?", fragte Flo. „Geht es ihr wieder besser?"

„Ja, sie musste am Blinddarm operiert werden", erklärte Papa. „Ist alles gut gegangen. In ein paar Tagen kann sie nach Hause. Aber sag mal, Luke, hat denn alles gut geklappt mit meiner Kleinen?"

„Er heißt Luca, Papa", rief Flo entsetzt. Wie peinlich konnte er sich eigentlich noch verhalten? Fehlte nur noch, dass er anfing, Jugendsprache zu gebrauchen, die er nicht verstand.

„Erst war Frida ein bisschen unzufrieden mit meiner Performance", erklärte Luca. „Aber dann hab ich ihr ein Eis spendiert und wir haben Quietschelöwe fährt Aufziehauto gespielt. Das fand sie echt cool. Wir haben auch ein paar Gläschen mit Brei aus dem Späti

geholt. Aber ich muss ihr völlig recht geben: Karotte-Brokkoli ist wirklich das Letzte."
„Voll cringe", sagte Papa. „Aber YOLO, oder?!"
Flo schüttelte es. Besorgt schaute sie zu Luca hinüber. Aber der grinste Flo nur dümmlich an. „Sind wir jetzt eigentlich Freunde?", fragte er.
„Klaro", sagte Flo erleichtert und boxte Luca auf die Schulter. „Ist mir auch egal, ob alle wissen, dass wir miteinander getanzt haben."
„Witzig", rief Freddy. „Schaut mal, ich hab das Foto im Klassenchat gepostet und jetzt geht es voll ab."
„WAAAS?!", schrie Flo. „Du hast das Bild in den Klassenchat gepostet?"
„Ja." Freddy zuckte unschuldig mit den Schultern. „Du hast doch gesagt, dass alle wissen dürfen, dass Luca dein Freund ist."
„Aber doch nicht meine Klasse!", rief Flo.
„Die denken jetzt alle, dass Frida euer Kind ist", lachte Freddy.
„Was?!", rief Papa.
„Bitte?" Flo konnte es nicht fassen. „Die spinnen ja wohl!"

„Ganz genau“, rief Papa. „Hier bekommt niemand ein Baby! Jedenfalls nicht, bevor er oder sie mindestens dreißig ist.“

„Keine Angst, Papa“, sagte Flo. „Ich will gar keine Kinder. Die sind mir echt zu viel Arbeit. Und das hier …“, sie zeigte auf Frida, „kannst du gerne behalten. Das ist nämlich deins. Wäre cool, wenn du dich hin und wieder daran erinnern würdest.“

KAPITEL 33

DR. MORTIS BEIẞT ZU

Dr. Mortis betrat den Hof in der Jüterboger Straße 13. Die letzten Strahlen der untergehenden Sonne fielen auf einen weißen Pavillon, den Flo und Ulrike mit Dutzenden von Lichterketten geschmückt hatten.

Der Vampir trug ein weißes Hemd und eine Fliege, die am Hals viel zu eng saß. Er zerrte an ihr herum und versuchte, das Band zu weiten. Da kam in langen Schritten eine ihm sehr gut bekannte Person auf ihn zu. „Vigor, ich bin so stolz auf dich! Als uns die frohe Kunde erreichte, dass du tatsächlich in den Hohen Rat gewählt wurdest, haben deine Mutter und ich

erst mal angestoßen!" Sein Vater klopfte ihm anerkennend auf die Schulter.
„Vigor", säuselte eine Stimme neben ihm. „Küsschen links, Küsschen rechts." Seine Mutter küsste seine Wangen. Er fühlte, wie er rot anlief. War das überhaupt möglich in einem blutleeren Körper?
„Danke", krächzte er. Dr. Mortis war so froh, dass er die Wahl gewonnen hatte und die Gesetze hatte ändern können. Endlich durften alle heiraten, wen sie liebten! Und er durfte Bettina zur Frau nehmen.
Doch zuerst mussten Vigor und seine Verlobte das gemeinsame Essen überstehen. Die Kinder hatten sich gewundert, dass bei einer Vampirhochzeit zuerst gegessen wurde und dann die Zeremonie stattfand. Aber mal ehrlich: Wie verrückt wäre es, eine Hochzeit mit hungrigen Vampiren zu veranstalten! Alle Gäste würden übereinander herfallen!
Dass seine und Bettinas Eltern sich heute zum ersten Mal begegneten, löste bei Dr. Mortis allerdings panische Zustände aus. Sein Hals war so trocken wie die Wüste Gobi. Er hätte alles für ein Glas Wasser oder einen schönen Smoothie gegeben!

Da kam zu seiner Rettung das schönste Wesen der Welt auf ihn zu. Bettina trug ein Kleid in Altrosa mit roten Blumenstickereien und einen Haarreif aus rotem Samt. In der Hand hielt sie ein Glas Blutorangensaft mit Eiswürfeln. Wie sehr er sie liebte! Hätte er ihr nicht längst einen Antrag gemacht, hätte er es jetzt sofort nachgeholt.
„Ich danke dir, meine Liebste!“ Er nahm das Glas entgegen und küsste sie. „Darf ich dir meine Eltern vorstellen? Igor und Klara Mortis.“
„Ihr heißt beide Igor?“, fragte Bettina Blütenreich.
„Ich heiße ja Vigor, meine Schöne“, erklärte Dr. Mortis.
„Und dein Vater heißt auch Vigor?“
„Nein, der heißt Igor.“
„Dann heißt ihr ja doch beide Igor.“
Sein Vater blähte die Backen auf und pustete laut die Luft heraus. Dr. Mortis wurde heiß. Er nahm einen Schluck des kühlen Blutorangensafts. Er wollte so gern, dass sein Vater Bettinas ganzes liebreizendes Wesen erkannte und ihre Schusseligkeit nicht überbewertete.

„Ich verstehe schon“, sagte Bettina. Schaute aber, als verstünde sie nicht.
„Deine Verlobte ist ja bezaubernd“, sagte seine Mutter und nahm das Gesicht der Blütenelfe zwischen ihre verwelkten Hände. „So rosige Bäckchen! Da möchte man ja direkt reinbeißen.“
„Mama!“ Vigor nahm die Hände seiner Mutter von den Wangen seiner schönen Verlobten.
„Da kommen meine Eltern“, flüsterte Bettina und zeigte auf zwei hochgewachsene Wesen mit langen blonden Haaren, die förmlich in den Hof geschwebt kamen. Beide trugen lange Kleider mit Kapuzen und geflochtene Stirnbänder.
„Meine kleine Gänseblume!“, rief Bettinas Vater.
Die Blumenelfe lief auf ihn zu, ließ sich auf die Stirn küssen und umarmte dann ihre Mutter.
„Wer ist denn das?“, hörte Vigor Bettinas Vater fragen.
„Das ist doch Igor, mein Verlobter.“ Bettina lächelte. „Der Mann, den ich gleich heirate. Komm, ich stelle euch vor.“
Die drei Elfen schwebten auf Dr. Mortis zu. Er schluckte. Der Moment war gekommen. Er traf zum

ersten Mal auf seine Schwiegereltern. Es war wichtig, dass er einen möglichst guten ersten Eindruck machte. Er eilte ihnen mit ausgestrecktem Arm entgegen und stolperte über einen lockeren Pflasterstein. Lauthals schreiend landete er in den Armen seiner zukünftigen Schwiegermutter und grub versehentlich seine Eckzähne in ihren Hals. Sofort zog er sie heraus.

„O Gott!", rief er. „Das tut mir wahnsinnig leid! Das wollte ich nicht!" Vigor konnte es nicht fassen. Das war ihm ja noch nie passiert und dann ausgerechnet heute! Er schielte zum Hals von Bettinas Mutter und sah zwei kleine verräterische Punkte, aus denen ein paar Blutstropfen traten.

„Der beißt ja!", rief sein Schwiegervater. „Lavender, geht es dir gut?"

„Es geht schon, Basil", sagte Bettinas Mutter und legt ihre feingliedrige Hand auf die Bissstelle.

„Anscheinend ist es doch nicht so einfach, das Wilde aus einem Vampir rauszubekommen."

„Er ist ein Vampir?" Bettinas Vater schien schockiert. „Du willst einen Vampir heiraten?"

„Jetzt wissen wir auch, von wem deine Blumenelfe das helle Köpfchen geerbt hat“, zischte Vigors Vater.

In diesem Moment kamen Freddy und Flo mit bunten Schüsseln und Töpfen in den Hof und stellten sie auf die lange Tafel, die Bettina schon herzallerliebst mit allerlei Topfpflanzen und den Kräutern aus ihrer Küche geschmückt hatte.

„Es gibt Essen!“, rief Freddy. „Wir bitten alle zu Tisch.“

Die Kinder kamen gerade zur rechten Zeit. Mit dem leckeren Essen war die Situation vielleicht noch zu retten.

Er durfte jetzt nur in kein einziges Fettnäpfchen mehr treten.
„Wir kommen!", rief Vigor Mortis. „Ich sterbe vor Hunger. Haha."
„Ja, essen Sie mal besser was", sagte Basil. „Dann müssen Sie nicht wieder meine Frau überfallen."
„Das sieht ja superlecker aus", lobte Bettina. „Ich hätte auch selber gekocht, aber Vigor meinte, ihr wolltet uns damit überraschen."
„Genau", bestätigte Freddy. „Es hat gar nichts mit deinen Kochkünsten zu tun."
Alle ließen sich rund um den Tisch auf Bänken und wackligen Stühlen nieder.
„Das ist ja gar nicht schlecht", sagte Vigors Vater und biss in ein vegetarisches Fleischklößchen. „Seid ihr ganz sicher, dass das kein echtes Fleisch ist? Ich kann keinen Unterschied schmecken."
„Es ist so ulkig, dass unser Bubu jetzt Vegetarier ist", wunderte sich seine Mutter. „Als er noch klein war, hat er immer selbst Fleischklößchen aus Mäusen und Eichhörnchenbabys gemacht."
„Mama, das will doch jetzt keiner hören." Vigor

konnte es nicht fassen, dass seine Mutter ausgerechnet jetzt mit dieser Geschichte anfing. Er sah, wie sich seine künftige Schwiegermutter angewidert die Serviette vor den Mund hielt.
„Freddy hat als kleiner Junge immer mit der Klobürste die Fenster geputzt“, sagte Flo. „Und er hat die Wände abgeleckt.“
„Dafür hat Flo ihr Ohrenschmalz auf die Sofakissen geschmiert“, erzählte Freddy. „Und ihre Popel gegessen.“
Igor und Klara Mortis sahen sich an. Genau wie Lavender und Basil Blütenreich.
„Das ist ja wirklich widerlich!“, rief Igor Mortis aus.
„Menschenkinder sind wirklich am allerekligsten!“, stimmte Lavender Blütenreich ihm zu. Daraufhin fingen alle zu lachen an.
Dr. Mortis hätte die Geschwister küssen können. Wenn die beiden nicht mit ihren Kindergeschichten herausgerückt wären, hätte die Sache übel ausgehen können. Zufrieden steckte er sich ein Fleischbällchen in den Mund und spuckte es in den Ausschnitt seiner Schwiegermutter. War da etwa Knoblauch drin?

KAPITEL 34

FREDDY HAUT REIN

Freddy trat an Bettina Blütenreich heran. Sie hatte sich für die Zeremonie umgezogen und sah umwerfend aus.
Die Blumenelfe trug ein umgearbeitetes Brautkleid mit langer Schleppe. Ihre Haare waren mit Blüten verflochten und lose hochgesteckt.
Hinter Freddy kam sein Papa die Treppe runtergeflitzt. „Bin schon da!", keuchte er und rannte zum DJ-Pult hinüber. Er gab Bettina ein Zeichen, als der Hochzeitsmarsch von Mendelssohn Bartholdy erklang.
Bettina sah verständnislos zu Freddy.

„Du musst jetzt zu Dr. Mortis hinübergehen und Ja sagen“, erklärte Freddy und gab ihr einen kleinen Schubs.
Langsam setzte sich Bettina Blütenreich in Bewegung und schritt zwischen den Reihen der Gäste entlang. Dort saßen ihre und Vigor Mortis' Eltern und natürlich die gesamte Hausgemeinschaft samt Flo und Ulrike mit Frida auf dem Arm. Vorn angekommen, reichte Dr. Mortis seiner Bettina die Hände.
Freddy sah, wie sich die Oberhexe Isabella von ihrem Stuhl erhob.
„Liebe Familie, liebe Freundinnen und Freunde“, sprach Isabella feierlich, „wir haben uns heute hier versammelt, um diese Blumenelfe und diesen Vampir miteinander zu vermählen. Wenn einer der Anwesenden etwas gegen diese Verbindung einzuwenden hat, möge er jetzt sprechen oder auf ewig schweigen.“
„Ich! Ich erhebe Einspruch!“, kreischte eine Stimme über Freddy. Eine halb durchsichtige Gestalt kam in den Hof geschwebt.

„Mutter!“, rief Frau Lohmeyer. „Was machst du denn hier?“
„Na, du hast mir doch eine E-Mail geschickt“, sagte Frau Lohmeyers Mutter. „Ich sollte kommen, weil du Probleme hast. Ich sehe schon, was hier die Schwierigkeit ist. Dein schöner Vigor heiratet eine andere!“
Alle Gäste hatten sich nach Frau Lohmeyer und ihrer Mutter umgedreht und schauten verwundert.
„Du blamierst mich hier total vor meinen Freunden!“, kreischte Ursel.
„Meine liebes Fräulein Lohmeyer, ich will dir doch nur helfen“, sagte die Gespenstermutter.
„Sie will, dass wir sie Ursel nennen“, riefen die anderen durcheinander.
„Ach.“ Frau Lohmeyer senior schien verblüfft.
„Jetzt halt den Mund und setz dich“, sagte ihre Tochter.
„So nicht, mein liebes Fräulein Ursel! Du kannst mir doch keine Befehle erteilen! Wo kommen wir denn da hin?“
„Bitte“, flehte Ursel ihre Mutter an.

Die alte Frau Lohmeyer verstummte und schwebte neben ihre Tochter über einen Stuhl.

Nachdem sich Bettina und Dr. Mortis ohne weitere Unterbrechungen das Jawort gegeben hatten, konnte die Party steigen. Das Brautpaar bat zum traditionellen Hochzeitswalzer unter den Pavillon. Igor Mortis tanzte mit Lavender Blütenreich und seine Frau mit Basil. Die Heinzelleute führten einen Line-Dance auf und Wolfgang Wütke hielt eine lange Rede, bei der er immer wieder vor Rührung in sein kariertes Taschentuch schnäuzte. Am Ende zog er die Champagnerflasche mit zu viel Schwung aus dem Kübel und schmiss sie versehentlich hinter sich. Zum Glück hatte Isabella das Schäßburger Trinkhorn dabei. Alle Gäste konnten trinken, was sie sich nur wünschten, und Poppy fegte den Champagner mit ihrem Besen auf.

Als sie später allerdings losfliegen wollte, war der Besen betrunken und Poppy krachte in die Torte. Alle

liefen auf sie zu und Dr. Mortis bedankte sich für dieses unvergessliche Erlebnis.
„Ab heute können wir unsere kleine Hexe ja vielleicht Purzel-Poppy nennen“, sagte Flo.
„Das musst du gerade sagen, Po“, neckte das Hexenmädchen zurück.
Poppy wischte sich einen Batzen Tortencreme aus dem Gesicht.
„Oder wir nennen sie Lecker-klecker-Poppy“, sagte Freddy.

Daraufhin formte das Hexenmädchen einen Ball und warf ihn direkt in Freddys freches Gesicht. Der schaute wie 'ne Kuh, wenn's blitzt, nahm sich auch eine Handvoll Tortenmatsch und klatschte ihn Flo ins Gesicht.
„Alter, spinnst du!", rief Flo. „Na warte!" Sie schnappte sich ein Stück Torte und warf es in Richtung Freddy, der sich just in dieser Sekunde hinter Wolfgang Wütke versteckte. Die Torte traf den Werwolf hinterm Ohr.
„Wat war'n dit eben?", brummte Wolfgang Wütke. „Ick glob, et hackt!"
Im Nu war eine Tortenschlacht im Gange. Alle lachten und hatten wahnsinnig viel Spaß!
„Da diese Hochzeit jetzt nun ganz und gar ruiniert ist –", sprach Frau Lohmeyers Mutter den Bräutigam an, „wollen Sie später vielleicht noch mal eine ohne Patzer feiern? Meine Ulla ist ja ganz verliebt in Sie und sie ist eine hervorragende Partie."
„Mama!", heulte Frau Lohmeyer. „Du bist so peinlich!" Sie schlug die Hände vor das Gesicht und flog hinauf zum Dachgeschoss.

Frida war unterdessen zur Torte gekrabbelt und steckte sich lieber eine Handvoll Zitronencreme in den Mund, statt sie zu werfen.

Schlaues Mädchen, dachte Freddy und leckte sich die Mundwinkel. Die Füllung war herrlich süß und sauer zugleich. „Wenn man die Torte ohne Besteck isst", rief Freddy und schleckte sich über die Hand, „schmeckt sie eigentlich noch viel besser!"

„Menschenkinder sind eindeutig am ekligsten", sagte Igor Mortis.

„Ganz eindeutig", stimmte Lavender Blütenreich zu.

MARIA KLING wollte Kinderbücher schreiben, seit sie mit zehn Jahren „Madita“ gelesen hat. Ihre anderen Traumberufe waren Archäologin, Ballerina und Astronautin. Nachdem sie im letzten Jahr auf dem Mond tanzend Dinosaurierknochen ausgegraben hat, kann sie sich endlich dem Schreiben widmen.

ASTRID HENN ist von Beruf Farbendurcheinanderbringerin. Eine Farbendurcheinanderbringerin beschäftigt sich sehr viel mit Farben, Strichen, Flächen und der perfekten Mischung derselben. Den folgenden Satzteil

konntest du zum Beispiel nicht lesen, weil sie ihn mit Weiß auf Weiß geschrieben hat. Falls du das auch faszinierend findest, dann ist Farbendurcheinanderbringerin vielleicht auch ein Beruf für dich.

TINA KRAUS hantiert gern mit Farben, Schere und Stiften, seit sie denken kann. Und genauso lang hat sie schon eine Vorliebe für seltsame Wesen. Manchmal zeichnet sie freche Feen, manchmal schreibt sie über heimliche Hexen und manchmal bastelt sie kämpferische Käfer aus Papier. Ihr größter Traum ist es, Freundschaft mit einer Hyäne zu schließen.

FREDDY + FLO
WILLKOMMEN IM SPUKHAUS!

Maria Kling
BAND 1: FREDDY UND FLO GRUSELN SICH VOR GAR NIX!
ISBN 978-3-551-65070-2
256 Seiten
Hardcover

FREDDY UND FLO ZIEHEN UM – in ein Haus direkt am Friedhof. Schon bald merkt Freddy: Die Nachbarn sind alles andere als normal! Doch Flo glaubt ihm nicht, dass sie mit einer Hexe, einem Werwolf und einem Vampir unter einem Dach wohnen. Also braucht Freddy Beweise – und zwar schnell, bevor der Vampir angreift.

Maria Kling
BAND 2: DAS GEHEIMNIS DER MUFFIGEN MUMIE
ISBN 978-3-551-65069-6
288 Seiten
Hardcover

BEI FREDDY UND FLO WIRD ES NIE LANGWEILIG – denn sie wohnen in einem Spukhaus! Mit einer Hexe, einem Vampir und einem Werwolf! Ein neuer Fall für Freddy und Flo: Mumie Tutti taucht ausgerechnet in der Nacht wieder auf, in der Hexe Poppy verschwindet. Freddy ist sich sicher, das kann kein Zufall sein. Als er Tutti verfolgt, entdeckt er Unglaubliches: Die Mumie will ins Ägyptische Museum einbrechen! Freddy und Flo müssen sie aufhalten, bevor das ganze Spukhaus auffliegt …

WWW.CARLSEN.DE

CARLSEN

„Freddy und Flo. Verliebt, verlobt, verhaftet!" gibt es überall im Buchhandel und auf www.carlsen.de

Umschlagillustration: Astrid Henn
Innenillustrationen: Astrid Henn und Tina Kraus nach Astrid Henn
Umschlaggrafik: Sabine Reddig
Lektorat: Jacqueline Guse und Britta Keil
Produktionsmanagement und Gestaltung:
Constanze Hinz und Laura Matei
Lithografie: Margit Dittes Media, Hamburg
Satz: Pinkuin Satz und Datentechnik, Berlin
ISBN 978-3-551-65068-9

Mit Fragen zur Produktsicherheit wenden Sie sich bitte an:
carlsen.de/kontakt